SV

Marguerite Duras
Im Park

Roman

Aus dem Französischen
von Andrea Spingler

Suhrkamp Verlag

Originaltitel: *Le Square*

Erste Auflage 1987

Druck: Freiburger Graphische Betriebe, Freiburg
Printed in Germany

I

Das Kind kam gemächlich aus dem Hintergrund des Parks und stellte sich vor das junge Mädchen hin.
»Ich habe Hunger«, erklärte es.
Das war für den Mann die Gelegenheit, ein Gespräch anzuknüpfen.
»Stimmt, es ist Vesperzeit«, sagte er.
Das junge Mädchen nahm es nicht übel. Im Gegenteil, mit Sympathie lächelte sie ihm zu.
»Ich glaube tatsächlich, daß es bald halb fünf sein muß, Zeit für sein Vesper.«
Aus einem Korb neben ihr auf der Bank nahm sie zwei Marmeladenbrote und gab sie dem Kind. Dann band sie ihm geschickt eine Serviette um den Hals.
»Es ist lieb«, sagte der Mann.
Das junge Mädchen schüttelte verneinend den Kopf.
»Es ist nicht meins«, sagte sie.
Mit den Broten in Händen entfernte sich das Kind. Da Donnerstag war, gab es viele Kinder in diesem Park, große, die Murmeln oder Fangen spielten, kleine, die im Sand spielten, noch kleinere, die im Kinderwagen geduldig warteten, bis für sie die Stunde gekommen wäre, sich zu den anderen zu gesellen.
»Allerdings«, fuhr das junge Mädchen fort, »könnte es meins sein, und oft wird es für meins gehalten. Doch ich muß sagen, nein, es hat nichts mit mir zu tun.«

»Ich verstehe«, sagte der Mann lächelnd. »Ich habe auch keins.«
»Manchmal kommt es einem merkwürdig vor, daß es so viele gibt, überall, und daß man selber keine hat, finden Sie nicht?«
»Zweifellos, Mademoiselle, aber es gibt schon dermaßen viele, nicht?«
»Dennoch, Monsieur.«
»Aber wenn man sie mag, wenn sie einem viel Freude machen, ist das dann nicht eher unwichtig?«
»Könnte man nicht ebensogut das Gegenteil sagen?«
»Zweifellos, Mademoiselle, ja, das wird vom Charakter abhängen. Und mir scheint, manche können sich mit denen begnügen, die bereits da sind. Und ich glaube wohl, daß ich zu jenen gehöre, ich habe viele gesehen, und ich könnte auch selber welche haben, doch, sehen Sie, ich kann mich mit denen begnügen.«
»Sie haben so viele gesehen, Monsieur, wirklich?«
»Ja, Mademoiselle. Ich reise.«
»Ach so«, sagte das junge Mädchen liebenswürdig.
»Außer im Augenblick, da ich mich ausruhe, reise ich die ganze Zeit.«
»Ein Park ist ein sehr geeigneter Ort, um sich auszuruhen, in der Tat, vor allem in dieser Jahreszeit. Auch ich mag Parks gerne; draußen sein.«
»Es kostet nichts, es ist immer lustig wegen der Kin-

der, und wenn man nicht viele Leute kennt, findet man dort ab und zu Gelegenheit, ein bißchen zu reden.«

»Ja, das stimmt, auch in dieser Hinsicht ist es sehr praktisch. Verkaufen Sie Dinge, Monsieur, auf Ihren Reisen?«

»Ja, das ist mein Beruf.«

»Immer die gleichen Dinge?«

»Nein, verschiedene Dinge, aber kleine, wissen Sie, solche kleinen Dinge, wie man sie immer braucht und so oft zu kaufen vergißt. Sie gehen alle in einen mittelgroßen Koffer. Ich bin, wenn man so will, eine Art Handelsreisender, Sie verstehen, was ich meine.«

»Wie man sie auf Märkten sieht, den offenen Koffer vor sich?«

»So ist es, ja, Mademoiselle, man sieht mich am Rand der Wochenmärkte.«

»Darf ich mir erlauben, Sie zu fragen, ob das mit einem regelmäßigen Einkommen verbunden ist, Monsieur?«

»Ich kann mich nicht beklagen, Mademoiselle.«

»Ich hätte es nicht gedacht, sehen Sie.«

»Ich sage nicht, daß dieses Einkommen bedeutend ist, nein, doch man verdient jeden Tag etwas. Das nenne ich regelmäßig.«

»Sie essen sich also satt, Monsieur, wenn ich mir noch eine Frage erlauben darf?«

»Ja, Mademoiselle, ich esse mich so gut wie satt. Ich will damit nicht sagen, daß ich jeden Tag gleich esse, nein, manchmal kommt es vor, daß es ein bißchen knapp ist, aber es gelingt mir doch, jeden Tag zu essen, ja.«

»Um so besser, Monsieur.«

»Danke, Mademoiselle. Ja, es gelingt mir so gut wie jeden Tag, sehen Sie. Ich kann mich nicht beklagen. Da ich allein bin und kein Heim besitze, habe ich natürlich nur wenig Sorgen. Die einzigen, die ich habe, betreffen mich allein. Manchmal fehlt mir eine Tube Zahnpasta, manchmal fehlt mir auch ein bißchen die Gesellschaft, doch abgesehen davon geht es, Mademoiselle, ja, ich danke Ihnen.«

»Ist das eine von jedermann zu bewältigende Arbeit, Monsieur? Glauben Sie es zumindest?«

»Ja, Mademoiselle, ganz und gar. Es ist sogar die von jedermann zu bewältigende Arbeit par excellence.«

»Sehen Sie, ich dachte, um diese Arbeit zu tun, wären gewisse Eigenschaften unerläßlich.«

»Allenfalls ist es besser, wenn man lesen kann, wegen der Zeitungslektüre, abends in den Hotels, wegen der Bahnhofsnamen, denn das erleichtert einem das Leben, aber das ist so gut wie alles. Das ist wenig, und, sehen Sie, man ißt sich so gut wie satt, und zwar jeden Tag.«

»Ich dachte an andere Eigenschaften, an die Eigenschaft der Ausdauer, vielmehr der Geduld, und auch der Beständigkeit.«

»Da ich nie andere als diese Art Arbeit gemacht habe, kann ich es schlecht beurteilen, doch es kam mir immer so vor, als benötige man diese Eigenschaften, von denen Sie reden, im gleichen Maße, und nicht weniger, für jede andere Arbeit.«

»Wenn ich mir noch eine Frage erlauben darf, Monsieur, denken Sie, daß es andauern wird und Sie weiter so herumreisen? Glauben Sie, daß Sie eines Tages aufhören?«

»Ich weiß nicht.«

»Wir plaudern, nicht wahr, Monsieur. Entschuldigen Sie nochmals, daß ich Ihnen diese Fragen stelle.«

»Aber ich bitte Sie, Mademoiselle... Ich weiß nicht, ob es andauern wird. Ich kann Ihnen wirklich nichts anderes sagen, ich weiß es nicht. Wie soll man das wissen?«

»Also, mir scheint, wenn man die ganze Zeit so herumreist, dann muß man eines Tages aufhören wollen, das habe ich mit meiner Frage gemeint.«

»Es scheint tatsächlich, daß man das wollen müßte, das stimmt. Doch wie hört man auf, einen Beruf auszuüben, und wählt einen neuen? Wie gibt man diesen Beruf für jenen Beruf auf und warum?«

»Wenn ich recht verstehe, hängt es also nur von Ihnen allein ab, ob Sie das Reisen einstellen, Monsieur, und von nichts anderem?«

»Also, ich habe nie so recht gewußt, wie man diese Dinge entscheidet. Ich kenne niemanden besonders gut, ich bin ein bißchen isoliert. Und wenn mich nicht eines Tages ein großes Glück ereilt, sehe ich nicht, wie ich die Arbeit wechseln sollte. Und ich weiß auch nicht, von welcher Seite meines Lebens dieses Glück kommen könnte, woher es mir winken könnte. Ich möchte nicht sagen, daß es mir nicht eines Tages winken könnte, nicht wahr, man kann nie wissen, noch, daß ich es nicht gerne annähme, wenn es mir winkte, nein, ganz und gar nicht, aber im Augenblick sehe ich wirklich nicht, woher es kommen und mir helfen könnte, mich zu entscheiden.«

»Aber, Monsieur, könnten Sie es nicht zum Beispiel ganz einfach wollen? Die Arbeit wechseln wollen?«

»Nein, Mademoiselle. Ich möchte jeden Tag sauber sein, satt werden, und außerdem möchte ich schlafen, und darüber hinaus möchte ich anständig gekleidet sein. Wie sollte ich da die Zeit haben, noch mehr zu wollen? Und dann, das muß ich gestehen, gefällt es mir nicht übel zu reisen.«

»Entschuldigen Sie, Monsieur, aber darf ich mir noch erlauben, Sie zu fragen, wie sich das ergeben hat?«

»Wie soll ich sagen? Diese Geschichten sind lang, kompliziert, und im Grunde übersteigen sie ein bißchen meinen Horizont. Man müßte zweifellos so weit zurückgehen, daß der Gedanke daran bereits ermüdet. Aber im großen und ganzen, glaube ich, hat sich das für mich ergeben wie für jeden anderen auch, Mademoiselle, nicht anders.«

Eine Brise hatte sich erhoben. An ihrer Lauheit erriet man das Nahen des Sommers. Sie fegte die Wolken weg, und die neue Wärme verbreitete sich über die Stadt.

»Wie schön es ist«, sagte der Mann.

»Das ist wahr«, sagte das junge Mädchen. »Das ist

fast der Beginn der Hitze. Es wird von Tag zu Tag schöner werden.«

»Verstehen Sie, Mademoiselle, eine besondere Veranlagung hatte ich zu keinem Beruf noch zu irgendeinem Leben. Im Grunde glaube ich, daß das für mich so bleiben wird, ja, das glaube ich.«

»Empfanden Sie dann nur Abneigung gegen alle Lebensformen und alle Berufe?«

»Keine Abneigung, nein, das wäre zuviel gesagt, doch auch keine Neigung. Ich war letztlich wie die meisten Menschen. Es hat sich für mich ergeben wie für jedermann, wirklich.«

»Aber zwischen dem, was sich vor langer Zeit für einen ergeben hat, und dem, was sich jetzt, jeden Tag, ergibt, hat man da nicht Zeit, sich zu verändern und an etwas anderem, an irgend etwas Geschmack zu finden?«

»Nun ja, das bestreite ich nicht, vielen wird das passieren, ja, aber manchen nicht. Es gibt Menschen, die sich damit abfinden müssen, sich nie zu verändern. Im Grunde bin ich wohl ein solcher Fall. Und ich glaube wirklich, das wird für mich so bleiben.«

»Für mich, Monsieur, wird es nicht so bleiben.«

»Können Sie das schon voraussehen, Mademoiselle?«

»Ja. Mein Zustand ist keiner, der so bleiben kann. Es liegt in seiner Natur, früher oder später beendet zu sein. Ich warte darauf zu heiraten. Und sobald ich verheiratet bin, wird dieser Zustand für mich vorbei sein.«

»Ich verstehe, Mademoiselle.«

»Ich meine, er wird in meinem Leben so wenig Spuren hinterlassen, als hätte ich ihn nie durchgemacht.«

»Doch vielleicht kann man, auch was mich betrifft, nie alles voraussehen, nicht wahr, und ich werde eines Tages die Arbeit wechseln.«

»Aber ich wünsche es mir, Monsieur, das ist etwas anderes. Mein Beruf ist keiner. Man nennt es so der Einfachheit halber, aber es ist keiner. Es ist eine Art Zustand, umfassender Zustand, verstehen Sie, wie beispielsweise ein Kind zu sein oder krank zu sein. Das muß dann aufhören.«

»Ich verstehe Sie, Mademoiselle. Ich, sehen Sie, ich habe eine ziemlich lange Reise hinter mir und ruhe mich aus. Im allgemeinen denke ich nicht sehr gern an die Zukunft und heute, da ich mich ausruhe, noch weniger; deshalb habe ich Ihnen wohl schlecht erklärt, wie ich es so aushielt, ohne mich zu verändern und sogar ohne es vorauszusehen. Entschuldigen Sie.«

»Ich muß mich entschuldigen, Monsieur.«

»Nicht doch, Mademoiselle, plaudern kann man immer.«

»Das stimmt, ja, und es bleibt ohne Konsequenzen.«

»So warten Sie, Mademoiselle, auf etwas anderes?«

»Ja. Es gibt keinen Grund, daß nicht auch ich eines Tages heirate wie die anderen. Das sagte ich Ihnen schon.«

»Das stimmt. Es gibt keinen Grund, daß dies nicht auch Ihnen eines Tages widerfährt.«

»Natürlich ist mein Berufsstand so verschrien, daß man das Gegenteil sagen könnte: Es gibt keinen Grund, daß mir das eines Tages widerfährt. Damit es in meinem Fall natürlich erscheint, muß man es mit aller Kraft wollen. Und so will ich es auch.«
»Zweifellos gibt es keinen Grund, mit dem man nicht fertig werden kann, Mademoiselle, zumindest sagt man das.«
»Ich habe lange nachgedacht. Ich bin jung, gesund, ich bin nicht verlogen, ich bin eine jener Frauen, wie man sie überall sieht und mit denen die meisten Männer zurechtkommen. Und es sollte mich doch wundern, wenn sich nicht eines Tages einer fände, der es erkennt und mit mir zurechtkommt. Ich habe Hoffnung.«
»Zweifellos, Mademoiselle, aber ich, was sollte ich mit einer Frau anfangen, wenn es diese Veränderung ist, von der Sie sprechen wollen? Mein ganzes Hab und Gut ist dieser kleine Koffer, und ich bestreite kaum meinen eigenen Unterhalt.«
»Ich will nicht sagen, Monsieur, daß Sie gerade dieser Veränderung bedürfen. Ich spreche von Veränderung im allgemeinen. Für mich wäre das zu heiraten. Für Sie ginge es vielleicht um etwas ganz anderes.«
»Mademoiselle, ich behaupte nicht, daß Sie unrecht haben, doch es gibt besondere Fälle. Wollte ich es auch mit aller Kraft, es gelänge mir nicht, mich so verändern zu wollen, wie Sie es zu wollen scheinen, in welcher Weise auch immer.«
»Weil Sie sich vielleicht nicht so weitgehend verändern müßten, Monsieur. Ich muß mich, scheint mir,

so weitgehend verändern, wie es nur möglich ist. Ich täusche mich vielleicht, wohlgemerkt, doch alle Veränderungen, die ich um mich her sehe, kommen mir, verglichen mit der, die ich will, einfach vor.«

»Aber glauben Sie nicht doch, daß jeder, selbst wenn es ihn noch so drängt, sich zu verändern, es seinem besonderen Fall entsprechend unterschiedlich wollen kann?«

»Ich bitte um Verzeihung, Monsieur, aber daß es besondere Fälle gibt, davon will ich nichts wissen. Ich wiederhole, ich habe Hoffnung. Und ich muß sagen, ich tue alles, was nötig ist, um diese Hoffnung zu nähren. So gehe ich sehr regelmäßig jeden Samstag zum Tanzen, und ich tanze mit jedem, der mich auffordert. Und da man sagt, daß die Wahrheit letztlich immer erkannt wird, glaube ich, daß man eines Tages auch mich als heiratsfähiges junges Mädchen ganz wie die anderen erkennen wird.«

»Es würde nicht genügen, wenn ich meinerseits tanzen ginge, verstehen Sie, selbst wenn ich wünschte, mich zu verändern, und weniger radikal als Sie, Mademoiselle. Mein Gewerbe ist wirklich ein ganz kleines, es ist unbedeutend und es ist im Grunde kaum ein Gewerbe, kaum ausreichend für einen Mann, was sage ich, für einen halben Mann. Da kann ich auch nicht einen Augenblick eine Veränderung meines Lebens wie diese ins Auge fassen.«

»Dann würde es Ihnen, noch einmal, Monsieur, in Ihrem Fall vielleicht genügen, den Beruf zu wechseln?«

»Aber wie soll ich denn von diesem Beruf loskommen? Wie soll ich von diesem Beruf loskommen, der mir nicht einmal erlaubt, ans Heiraten zu denken? Mein Koffer zieht mich immer weiter, von einem Tag zum andern, von einer Nacht zur andern und sogar, ja, von einer Mahlzeit zur andern, und er läßt mich nicht rasten und die Zeit nehmen, genug darüber nachzudenken. Die Veränderung müßte zu mir kommen, ich habe nicht die Muße, auf sie zuzugehen. Und dann, ja, ich gestehe es, habe ich nicht nur immer schon das Gefühl, daß niemand meine Dienste oder meine Gesellschaft braucht, sondern es passiert mir sogar manchmal, daß ich mich über den Platz wundere, der mir in der Gesellschaft zukommt.«

»Dann wäre für Sie, Monsieur, die Veränderung vielleicht, daß Sie sich die gegenteiligen Gefühle verschaffen?«

»Natürlich, aber Sie wissen ja, wie man ist: Man ist trotzdem, wie man ist, und wie soll man sich derart ändern? Im übrigen liebe ich letzten Endes meinen Beruf, so belanglos er auch ist. Ich fahre gern Zug. Und mal hier, mal da zu schlafen stört mich nicht mehr sehr.«

»Monsieur, mir scheint, Sie hätten nicht solche Gewohnheiten annehmen dürfen.«

»Ich war zweifellos ein bißchen anfällig dafür, sehen Sie.«

»Ich hätte nicht gern als einzige Gesellschaft im Leben einen Koffer mit Waren. Mir scheint, ich hätte bisweilen Angst.«

»Sicherlich, ja, das kann vorkommen, vor allem in

der ersten Zeit, doch an diese kleinen Nachteile kann man sich gewöhnen.«

»Ich glaube, ich ziehe es vor, in der Lage zu sein, in der ich noch immer bin, Monsieur, und diesem... Beruf nachzugehen, dem ich da nachgehe, trotz all seiner Mängel. Aber vielleicht liegt das daran, daß ich erst zwanzig bin.«

»Aber der meine hat nicht nur Nachteile, Mademoiselle. Denn dadurch, daß man so viel Zeit auf den Straßen, in Zügen, im Park verbringen muß, daß man so viel Zeit hat, sich über alles seine Gedanken zu machen, findet man sich schließlich damit ab, dieses oder jenes Leben zu führen.«

»Ich meinte verstanden zu haben, daß Sie nur die Zeit hätten, an sich allein zu denken, Monsieur, an Ihren Unterhalt, und an nichts anderes.«

»Nein, Mademoiselle, was ich nicht habe, ist die Zeit, um an die Zukunft zu denken; aber die Zeit, um an anderes zu denken, doch, die habe ich, ich nehme sie mir, wenn Sie so wollen. Denn mehr als andere an seinen Unterhalt denken zu müssen, wie Sie sagen, kann man nur unter der Bedingung ertragen, daß man überhaupt nicht mehr daran denkt, wenn dieser gesichert ist, wenn man gegessen hat. Würde man, einmal gesättigt, anfangen, an die nächste Mahlzeit zu denken, das wäre zum Verrücktwerden.«

»Ja, Monsieur, zweifellos, aber sehen Sie, einfach so von Stadt zu Stadt zu ziehen, ohne andere Gesellschaft als diesen Koffer, das würde mich verrückt machen.«

»Man ist nicht immer allein, möchte ich zu bedenken

geben, zum Verrücktwerden allein, nein. Man ist auf Schiffen, in Zügen, man sieht, man hört. Und, wahrhaftig, wenn sich die Gelegenheit, verrückt zu werden, bietet, kann man ihr ja ausweichen.«

»Aber sich mit allem abfinden zu können, was nützt mir das, da ich doch da heraus will, und es Ihnen, Monsieur, nur dazu dient, immer neue Gründe zu finden, daß Sie da nicht herauskommen?«

»Nicht ganz, nein, denn wenn sich mir eine echte Gelegenheit böte, den Beruf zu wechseln, würde ich sie sofort ergreifen; nein, es dient mir noch zu etwas anderem, zum Beispiel dazu, daß ich mir die Vorteile klarmache, die dieser Beruf trotz allem mit sich bringt, nämlich einerseits, daß man die ganze Zeit reist, andererseits, daß man das Gefühl hat, etwas vernünftiger zu werden, als man es zuvor war. Wohlgemerkt, ich sage nicht, daß ich recht habe, nein, weit gefehlt, es kann sogar sein, daß ich mich ganz und gar irre und, ohne es zu bemerken, im Gegenteil weniger vernünftig bin als früher. Doch spielt das keine Rolle, nicht wahr, denn ich weiß es ja nicht.«

»So reisen Sie, Monsieur, ebenso beständig, wie ich am Ort bleibe?«

»Ja. Und selbst wenn ich bisweilen an denselben Ort zurückkomme, sind die Dinge anders. Zum Beispiel ist Frühling, und es gibt Kirschen auf dem Markt. Das wollte ich sagen und nicht, daß ich recht hätte, mich an diese Arbeit gewöhnt zu haben.«

»Das stimmt, ja, bald wird es Kirschen auf dem Markt geben, in zwei Monaten. Ich freue mich für

Sie, Monsieur. Und was gibt es sonst so, sagen Sie doch?«

»Tausend Dinge. Manchmal ist Frühling, manchmal auch Winter, Sonne oder Schnee. Man erkennt nichts wieder. Doch die Kirschen, das ist die größte Veränderung. Sie kommen mit einem Schlag, und der Markt ist mit einem Schlag rot. Ja, in zwei Monaten. *Das* wollte ich sagen, sehen Sie, und überhaupt nicht, daß diese Arbeit mir ganz und gar paßt.«

»Aber außer den Kirschen auf dem Markt, dem Winter, dem Schnee, sagen Sie, was noch?«

»Manchmal nichts Bedeutendes, nicht einmal Sichtbares. Aber tausend Nichtigkeiten, die bewirken, daß alles verändert ist. So daß man glaubt, es handele sich nur um die eigene Stimmung. Man erkennt die Orte, die Leute, und erkennt sie doch nicht wieder, und ein Markt, den man nicht gastlich fand, der wird es plötzlich.«

»Aber kommt es nicht bisweilen vor, daß alles gleich ist?«

»Ja, bisweilen ist alles dermaßen gleich, daß man meint, den Ort erst am Vortag verlassen zu haben. Ich habe nie verstanden, womit das zusammenhängt, denn nichts kann derart gleich bleiben, das ist unmöglich.«

»Aber außer den Kirschen auf dem Markt, dem Winter, dem Schnee?«

»Manchmal gibt es ein neues Haus, das fertig geworden ist, während es das letzte Mal im Bau war. Und es ist schon ganz bewohnt, voller Lärm und Geschrei. Die Stadt schien doch gar nicht so übervölkert, und nun erscheint dieses Haus, nachdem es fertig ist, vollkommen notwendig.«

»Monsieur, aber all dieses Neue, das ist doch für jedermann dasselbe, das widerfährt nicht Ihnen allein?«

»Manchmal widerfährt mir Neues, doch es ist sehr belanglos, ja, es betrifft im allgemeinen das Wetter, Dinge, die nicht nur mir gehören. Auf die Dauer kann einen dies jedoch ebensosehr auf andere Gedanken bringen, wie wenn es einem selbst widerfahren wäre, wie wenn man selbst die Kirschen machte.«

»Ich höre Ihnen zu, Monsieur, und versuche, mich in Sie hineinzuversetzen, doch nein, mir scheint, ich hätte Angst.«

»Das kann passieren, Mademoiselle, und ich muß sagen, daß es mir manchmal passiert, zum Beispiel nachts, wenn ich aufwache. Doch diese Angst überkommt mich fast nur nachts, und auch, ja, manchmal auch bei Sonnenuntergang, aber dann nur, wenn es regnet oder neblig ist.«

»Wie merkwürdig, daß man, ohne sie je verspürt zu haben, irgendwie weiß, was für eine Angst das sein muß.«

»Ja, sehen Sie, es ist nicht die, die man empfindet, wenn man sich sagt, daß niemand merken wird, wenn man stirbt, nein, es ist eine allgemeinere Angst, die einen nicht allein betrifft.«

»Als machte es einem plötzlich angst, zu sein, wie man ist, zu sein, wie man ist, anstatt anders zu sein, anstatt etwas anderes zu sein, vielleicht sogar?«

»Ja, zugleich wie alle anderen zu sein, alle anderen, und gleichzeitig zu sein, wie man ist. Ja, genau das ist es, glaube ich, von dieser Art zu sein, und nicht von irgendeiner andern, genau von dieser...«

»...so komplizierten, ja, Monsieur, ich verstehe.«

»Denn ich finde, die andere Angst, Mademoiselle, die Angst zu sterben, ohne daß es jemand merkt, kann auf die Dauer ein Grund werden, sich über sein Los zu freuen. Wenn man weiß, daß der eigene Tod niemandem Leid zufügen wird, nicht einmal einem kleinen Hund, das erleichtert ihn sehr, finde ich.«

»Ich versuche, Sie zu verstehen, Monsieur, doch nein, es tut mir leid, ich kann es nicht. Ist es, weil die Frauen anders sind? Ich weiß, ich könnte es nicht aushalten so wie Sie, allein, mit diesem Koffer. Nicht daß ich nicht gern reiste, nein, aber ohne Zuneigung irgendwo auf der Welt, die mich erwartete, könnte ich es nicht. Noch einmal, ich glaube, ich ziehe es immer noch vor, in der Lage zu sein, in der ich bin.«

»Aber, Mademoiselle, wenn ich mir meinerseits die Frage erlauben darf: Während Sie auf diese Veränderung warten, die Sie wünschen?«

»Nein, Monsieur. Sie scheinen nicht zu wissen, was es heißt, aus diesem Zustand heraus zu wollen. Ich muß hierbleiben und die ganze Zeit mit aller Kraft daran denken, sonst weiß ich, daß ich es nicht schaffe.«

»Vielleicht weiß ich es wirklich nicht.«

»Sie können es nicht wissen, Monsieur, denn so wenig Sie auch sind, Sie sind es trotzdem, auf Ihre Art, Sie können also nicht wissen, was es heißt, nichts zu sein.«

»Auch Sie, Mademoiselle, wenn ich recht verstehe, würde niemand beweinen?«

»Niemand. Und ich bin schon zwanzig, seit vierzehn Tagen. Aber eines Tages wird man mich beweinen. Ich habe Hoffnung. Anders ist es nicht möglich.«

»Das ist wahr, im Grunde wird man weinen, weil Sie es sind und nicht jemand anders.«

»Nicht wahr? Das sage ich mir auch.«

»Ja, Mademoiselle. Und wenn ich mir noch eine Frage erlauben darf, und Sie, Mademoiselle, essen Sie sich satt?«

»Ja, ich danke Ihnen, Monsieur, ich esse mich mehr als satt. Allein, immer allein, aber in meinem Beruf ißt man, man ißt sogar viel, denn man ist dort, wo das Essen gemacht wird. Und zwar sehr gute Sachen, manchmal eine Keule. Und ich habe nicht nur zu essen, ich esse auch, ja. Manchmal zwinge ich mich sogar. Manchmal möchte ich gern noch zunehmen, noch stärker werden, damit man mich noch mehr sieht. Mir scheint, dick und stark hätte ich noch ein bißchen mehr Chancen zu erreichen, was ich will. Das ist vielleicht eine Illusion, werden Sie mir sagen, doch ich glaube, daß man mehr von mir wissen will, wenn ich eine strahlende Gesundheit habe. Wir sind also sehr verschieden, sehen Sie.«

»Zweifellos, Mademoiselle, aber trotzdem bin auch ich guten Willens. Ich habe mich vorhin wohl schlecht ausgedrückt. Ich versichere Ihnen, wenn es

geschähe, daß ich mich zu verändern wünschte, würde ich dem nachgeben, wie jedermann.«
»Ach, Monsieur, wie schwierig es ist, Ihnen zu glauben, entschuldigen Sie.«
»Zweifellos, aber sehen Sie, ganz allgemein finde ich zwar keinen Grund, nicht zu hoffen, doch es steht fest, daß ich für mich nicht viel Grund dazu sehe. Jedoch genügte weniges, so scheint mir, und ich finge an zu glauben, daß ich es genauso nötig habe wie die anderen. Ein ganz kleiner Glaube würde mir genügen. Ist es die Zeit, die mir dafür fehlt? Wer weiß? Ich spreche nicht von der Zeit, die ich im Zug verbringe, über dies oder jenes nachdenkend oder mit den Leuten plaudernd, nein, sondern von der anderen, von der, die man vor sich hat, jeden Tag für den nächsten. Die Zeit, um anzufangen, daran zu denken, und um zu versuchen zu entdecken, daß auch ich das nötig habe.«
»Doch, Monsieur, entschuldigen Sie noch einmal, aber ich kann mir vorstellen, und Sie sagten es selbst, daß es eine Zeit gab, da Sie waren wie alle, nicht?«
»Ganz recht, aber so sehr, daß ich mich nie davon erholt habe. Man kann nicht alles auf einmal sein noch alles auf einmal wollen, wie Sie sagen, doch ich habe mich von diesen Unmöglichkeiten nie erholt, und ich konnte mich nie entschließen, einen Beruf zu wählen. Aber schließlich, wissen Sie, bin ich trotzdem ganz schön herumgereist, und mein kleiner Koffer hat mich überallhin mitgeschleppt, ja, und einmal sogar in ein großes fremdes Land. Ich habe dort nicht viel verkauft, aber immerhin habe ich es gesehen. Und

hätte man mir ein paar Jahre früher gesagt, daß ich eines Tages Lust haben würde, es kennenzulernen, ich hätte es nicht geglaubt. Doch, wissen Sie, eines Tages beim Aufwachen bekam ich Lust, und ich bin hingefahren. Sowenig ich auch erlebe, ich habe immerhin das erlebt, wissen Sie, daß ich dieses Land sah.«

»Aber es gibt unglückliche Leute in diesem Land, nicht?«

»Das stimmt, ja.«

»Und es gibt junge Mädchen wie mich, die warten?«

»Zweifellos, Mademoiselle, ja.«

»Also?«

»Es stimmt, daß man dort stirbt, daß man dort unglücklich ist, daß es dort solche gibt wie Sie, die warten, voller Hoffnung. Doch warum soll man es nicht sehen, das Land, statt dieses hier, wo wir sind und wo die Dinge genauso sind? Warum nicht auch jenes Land sehen? Zu diesem hier dazu, warum nicht?«

»Darum, Monsieur, ich habe vielleicht unrecht, werden Sie sagen, doch das ist mir egal.«

»Warten Sie, Mademoiselle. Zum Beispiel sind die Winter dort weniger rauh als hier, das ist ganz einfach, man weiß kaum, daß Winter ist...«

»Man ist nie in einem ganzen Land auf einmal, das stimmt nicht, und auch nicht auf einmal in einer ganzen Stadt und auch nicht in einem ganzen schönen Winter, nein, man kann machen, was man will, man ist nur dort, wo man ist, wenn man dort ist, also?«

»Aber ganz recht, Mademoiselle, dort wo ich war,

endet die Stadt in einem riesigen Platz mit Treppen, die nirgendwohin zu führen scheinen.«

»Nein, Monsieur, ich will es nicht wissen.«

»Doch die ganze Stadt ist weiß gekalkt, stellen Sie sich Schnee mitten im Sommer vor. Sie befindet sich im Innern einer Halbinsel, die vom Meer umspült wird.«

»Es ist blau, ich weiß es. Blau, nicht wahr?«

»Ja, Mademoiselle, es ist blau.«

»Nun, Monsieur, entschuldigen Sie, aber Leute, die einem vom Blau des Meeres erzählen, verursachen mir Übelkeit.«

»Aber, Mademoiselle, was soll man da machen? Vom Tierpark aus übersieht man es ganz, wie es die Stadt umgibt. Und es ist für alle Augen blau, ich kann nichts dafür.«

»Nein, ohne diese Zuneigung, von der ich sprach, erschiene es mir schwarz. Und dann, ich möchte Ihnen nicht mißfallen, Monsieur, doch nein, ich habe zu sehr Lust, mein Leben zu ändern, da herauszukommen, als daß ich mir etwas daraus machte zu reisen, neue Dinge zu sehen. Sie können noch so viele dieser Städte sehen, das bringt Sie nicht weiter, niemals, und wenn Sie innehalten, werden Sie am selben Punkt sein.«

»Aber, Mademoiselle, wir sprechen nicht von denselben Dingen. Ich spreche nicht von jenen Veränderungen, die das ganze Leben umwandeln, sondern nur von jenen, die Spaß machen, solange man sie erlebt. Reisen ist sehr unterhaltend. Die Griechen, die Phönizier, alle Welt reist, seit Menschengedenken ist es so.«

»Nein, das stimmt, wir sprechen nicht von denselben Dingen, das ist nicht die Veränderung, die ich mir wünsche, reisen, Städte am Meer sehen. Was ich mir wünsche, um anzufangen, ist, mir zu gehören, einmal etwas zu besitzen, Gegenstände von wenig Bedeutung, die aber meine wären, ein Platz für mich, ein einziges Zimmer, aber für mich. Manchmal, denken Sie, beginne ich schon von einem Gasherd zu träumen.«

»Das wird sein wie reisen, Mademoiselle. Sie werden nicht mehr aufhören. Danach werden Sie sich wünschen, einen Kühlschrank zu besitzen, und danach noch weitere Dinge. Das wird sein wie reisen, von Stadt zu Stadt ziehen, Sie werden nicht mehr aufhören.«

»Glauben Sie, Monsieur, daß es von Nachteil ist, wenn ich nicht beim Kühlschrank aufhöre?«

»Keineswegs, Mademoiselle, nein, das glaube ich nicht, ich spreche für mich, nicht wahr, und mir scheint, dieser Gedanke würde mich mehr belasten, als zu reisen und zu reisen, von Stadt zu Stadt zu ziehen, wie ich es tue.«

»Monsieur, ich bin geboren und aufgewachsen wie jedermann, ich schaue um mich, ich schaue viel, und ich finde, es gibt wirklich keinen Grund, daß ich da bleibe, wo ich bin. Ich muß anfangen, ein wenig Bedeutung zu erlangen, und zwar mit allen Mitteln. Und wenn ich anfange und mir sage, daß ein Kühlschrank mich entmutigen würde, dann werde ich nicht einmal einen Gasherd bekommen. Wie sollte ich das auch wissen? Wenn Sie das sagen, Monsieur, so vielleicht, weil Sie darüber nachgedacht haben oder weil Ihnen bereits ein Kühlschrank zur Last gefallen ist?«

»Nein, ich habe nicht nur nie einen gehabt, sondern auch nie die geringste Möglichkeit gehabt, einen zu besitzen. Nein, das ist nur ein Eindruck. Ich spreche von einem Kühlschrank, weil ein solcher einem Reisenden schwer und untransportierbar erscheint. Von einem anderen Gegenstand hätte ich das sicher nicht gesagt. Nichtsdestoweniger verstehe ich sehr gut, Mademoiselle, daß Sie erst reisen können, nachdem Sie zum Beispiel jenen Gasherd und sogar jenen Kühlschrank bekommen haben. Und ich würde sogar sagen, daß ich unrecht habe, mich so leicht entmutigen zu lassen, allein schon beim Gedanken an einen Kühlschrank.«

»Ja, das ist tatsächlich merkwürdig.«

»Einmal in meinem Leben, an einem bestimmten Tag, wollte ich überhaupt nicht mehr leben. Ich hatte Hunger, und da ich an diesem Tag überhaupt nichts mehr hatte, mußte ich, um Mittag essen zu können, unbedingt arbeiten. Als wäre das nicht jedermanns Los und ganz besonders das meine! Ganz so, als wäre ich es nicht gewohnt, wollte ich an jenem Tag nicht mehr leben, weil ich fand, nun ja, daß es keinen Grund gäbe, daß es für mich noch weiterginge, wie es für alle weiterging. Ich habe einen ganzen Tag darauf verwandt, mich wieder daran zu gewöhnen, dann bin ich natürlich mit meinem Koffer auf den Markt gegangen, und ich habe wieder gegessen. Es fing wieder an wie in der Vergangenheit, mit dem

Unterschied jedoch, daß irgendwelche Zukunftsperspektiven, und sei es auch die, einen Kühlschrank zu besitzen, mir viel lästiger sind als vorher.«

»Das kann ich mir vorstellen, wissen Sie.«

»Wenn ich seither an mich denke, tue ich es in Begriffen von ›ein Mensch mehr oder weniger‹, was Ihnen deutlich macht, daß ein Kühlschrank mehr oder weniger im Leben für mich nicht so wichtig ist wie für Sie.«

»Dieses Land, Monsieur, das zu sehen Ihnen solchen Spaß gemacht hat, waren Sie dort vor oder nach jenem Tag?«

»Danach. Aber wenn ich daran denke, macht es mir Spaß, und ich finde, es wäre schade gewesen, wenn es nicht noch ein Mensch mehr kennen würde. Ich glaube nicht, verstehen Sie, daß ich besser als jemand anders geeignet bin, mich daran zu freuen, nein, doch ich finde, wenn man nun schon einmal da ist, so ist es besser, ein Land mehr zu sehen als ein Land weniger.«

»Obwohl ich mich nicht in Ihre Lage versetzen kann, Monsieur, verstehe ich, was Sie meinen, und ich finde, es ist gut gesagt. Das ist es doch, nicht wahr, was Sie sagen wollen, daß es besser ist, wenn man nun schon einmal da ist, möglichst viele Dinge zu sehen, als keine zu sehen? Und daß so die Zeit schneller und auf vergnüglichere Weise vergeht?«

»Wenn Sie so wollen, Mademoiselle, ein wenig ist es so. Vielleicht sind wir nur darin uneins, was wir mit unserer Zeit zu machen oder nicht zu machen beschlossen haben.«

»Nicht nur, Monsieur, denn es kam noch nicht dazu, daß mir irgend etwas lästig wurde, außer Warten natürlich. Verstehen Sie mich doch, Monsieur, ich meine nicht, daß Sie zwangsläufig glücklicher sind als ich, nein, sondern nur, daß Sie sich, wenn Sie es nicht sind, erlauben können, über Abhilfe für Ihr Unglück nachzudenken: die Stadt wechseln, etwas anderes verkaufen und sogar, entschuldigen Sie, Monsieur, noch mehr. Ich kann noch gar nicht anfangen, an irgend etwas zu denken, nicht einmal im kleinen. Für mich hat noch nichts angefangen, außer daß ich am Leben bin. Und wenn ich manchmal, wenn sehr schönes Wetter ist, im Sommer zum Beispiel, das Gefühl habe, daß es geschehen ist, daß die Sache vielleicht anfängt, während es gar nicht so aussieht, dann habe ich Angst, ja, ich habe Angst, mich dem schönen Wetter zu überlassen und auch nur einen Augenblick zu vergessen, was ich will, mich schon in Einzelheiten zu verlieren, das Wesentliche zu vergessen. Wenn ich schon Einzelheiten im Auge habe in meinem Leben, bin ich verloren.«

»Aber, Mademoiselle, noch einmal, ich hatte den Eindruck, Sie liebten diesen kleinen Jungen.«

»Das ist egal, ich will es nicht wissen, ich will nicht anfangen, nicht mehr ungern in diesem Zustand zu sein, und auch nicht, ihn ein bißchen besser auszuhalten, denn dann, noch einmal, bin ich verloren. Ich habe viel Arbeit, und ich mache sie. Und zwar so gut, daß man mir jeden Tag ein bißchen mehr gibt, als man sollte, und ich mache sie. So selbstverständlich, daß man mir schließlich sogar schwere Arbeiten gibt, aber ich sage nichts und mache sie. Denn wenn ich sie nicht machte, wenn ich sie ablehnte, hieße das, die Möglichkeit in Betracht zu ziehen, daß meine Situation sich dadurch verbesserte, erleichterte, erträglicher, ja sogar ganz einfach erträglich werden könnte.«

»Es ist trotzdem eigenartig, Mademoiselle, wenn man in der Lage ist, sich das Leben zu erleichtern, und es ablehnt.«

»Ja, Monsieur, aber ich lehne nichts ab, ich habe nie etwas abgelehnt, was man von mir verlangt hat. Ich habe nie etwas abgelehnt, obwohl es am Anfang so einfach gewesen wäre, und ich lehne immer noch nichts ab, obwohl es immer einfacher wird, da ich immer mehr Arbeit habe. Solang ich mich erinnere, habe ich immer alles folgsam akzeptiert, alles und alles, um eines Tages nichts mehr ertragen zu können. Sie werden mir sagen, daß das vielleicht ein bißchen einfältig ist, aber ich habe nichts anderes gefunden, um da herauszukommen. Man gewöhnt sich an alles, da bin ich sicher, und ich sehe Leute, die nach zehn Jahren immer noch da sind, wo ich bin. Man kann sich an jedes Leben gewöhnen, selbst an dieses, und auch ich muß sehr aufpassen, um mich nicht daran zu gewöhnen. Manchmal, sehen Sie, ängstige ich mich, ja, denn selbst wenn man gewarnt ist vor dieser Gefahr, sich an jedes Leben zu gewöhnen, ist diese Gefahr doch so groß, daß ich ihr womöglich trotzdem nicht entgehe. Aber, Monsieur, sagen Sie mir, was es bisweilen noch an Neuem gibt außer dem

Schnee, den Kirschen, den im Bau befindlichen Häusern?«
»Bisweilen hat das Hotel den Besitzer gewechselt, und der neue ist zuvorkommend und redet gerne mit den Gästen, während der frühere es müde war, liebenswürdig zu sein, und einen nicht ansprach.«
»Monsieur, muß ich mich nicht jeden Tag wundern, daß ich noch da bin? Denn sonst werde ich es nicht schaffen?«
»Ich glaube, alle wundern sich jeden Tag, daß sie noch da sind. Ich glaube, man wundert sich, worüber man kann, man kann nicht beschließen, sich eher über das eine als über das andere zu wundern.«
»Jeden Morgen wundere ich mich ein bißchen mehr, daß ich noch da bin, ich tue es nicht absichtlich. Ich wache auf, und sofort wundere ich mich. Dann erinnere ich mich der Dinge. Ich war ein kleines Mädchen wie alle andern, scheinbar unterschied mich nichts von ihnen. Zur Kirschenzeit, ach, wissen Sie, da klauten wir zusammen Kirschen in den Obstgärten. Bis zum letzten Tag haben wir zusammen Kirschen geklaut. Denn in dieser Jahreszeit bekam ich die Stelle. Was noch, Monsieur, abgesehen von all dem, was Sie mir schon gesagt haben, einschließlich dem Hotelbesitzer?«
»Ich habe auch Kirschen geklaut, genau wie Sie, und auch mich unterschied scheinbar nichts von den andern, außer vielleicht daß ich Kirschen bereits sehr mochte. Abgesehen vom Hotelbesitzer gibt es bisweilen ein neues Radio. Das ist sehr wichtig. Ein Café ohne Musik, das ein Café mit Musik wird. Dann

kommen natürlich viel mehr Leute und sie bleiben länger. Das sind Abende mit gutem Verdienst.«

»Sagten Sie Verdienst?«

»Ja.«

»Ach, manchmal scheint mir, wenn wir gewußt hätten... Meine Mutter ist gekommen, sie hat zu mir gesagt: ›Los, jetzt ist Schluß, komm, jetzt ist Schluß.‹ Ich habe mich gefügt, wissen Sie, wie die Tiere, die zur Schlachtbank gehen, genau so. Ach, wenn ich gewußt hätte, Monsieur, ich hätte mich gewehrt, ich wäre davongelaufen, ich hätte meine Mutter angefleht, ich hätte sie angefleht, so sehr, so sehr!«

»Aber wir haben es nicht gewußt.«

»Die Kirschenzeit hat bis zum Ende gedauert wie in den anderen Jahren. Die anderen gingen singend unter meinem Fenster vorbei. Ich stand dahinter und spähte nach ihnen und wurde dafür gescholten.«

»Ich habe erst sehr spät Kirschen gepflückt.«

»Hinter meinem Fenster, wie ein Schwerverbrecher. Wissen Sie, Monsieur, als wäre mein Verbrechen, daß ich sechzehn bin. Aber sagten Sie, sehr spät?«

»Ja. So spät, wie es im Leben eines Menschen möglich ist. Und nun?«

»Erzählen Sie mir noch von den Cafés voller Leute, wo Musik gespielt wird, Monsieur.«

»Ich könnte nicht ohne sie leben, Mademoiselle. Ich mag sie sehr.«

»Ich glaube, ich werde sie auch sehr mögen. Ich werde an der Theke stehen, am Arm meines Mannes, und wir werden Radio hören. Man wird uns von diesem und jenem erzählen, und wir werden antworten, wir werden zugleich zusammen und mit den anderen sein. Manchmal bekomme ich Lust, ein bißchen hinzugehen, aber allein, wissen Sie, kann ein junges Mädchen in meiner Lage sich das nicht erlauben.«

»Ich habe vergessen: Manchmal schaut einen jemand an.«

»Ich verstehe. Und kommt näher?«

»Und kommt näher, ja.«

»Ohne Grund?«

»Ohne Grund. Dann wird die Unterhaltung weniger allgemein.«

»Und dann, Monsieur, und dann?«

»Ich bleibe nie länger als zwei Tage in einer Stadt, Mademoiselle, höchstens drei. Die Dinge, die ich verkaufe, sind nicht so notwendig.«

»Leider, Monsieur.«

Die Brise, die sich gelegt hatte, erhob sich von neuem, fegte von neuem die Wolken weg, und an der plötzlichen Lauheit der Luft ahnte man noch einmal die Verheißungen eines nahen Sommers.

»Wahrhaftig, wie schön es heute ist«, wiederholte der Mann.

»Wir nähern uns dem Sommer.«

»Vielleicht, Mademoiselle, fängt man nie an, entschuldigen Sie, und es wird immer alles auf morgen verschoben.«

»Ach, Monsieur, das sagen Sie, weil das Heute für Sie immer noch voll genug ist, um Sie vom Morgen abzulenken. Für mich ist das Heute nichts, eine Wüste.«

»Letztlich, Mademoiselle, passiert es Ihnen nie, daß

Sie etwas tun, wovon Sie sich sagen können, daß das ein für allemal getan ist.«

»Nein, ich tue nichts, ich arbeite den ganzen Tag, aber ich tue nichts, worüber ich mir sagen könnte, was Sie sagen. Ich kann mir nicht einmal diese Frage stellen.«

»Ich möchte Ihnen nicht widersprechen, Mademoiselle, noch einmal, doch, was Sie auch tun, diese Zeit, die Sie jetzt erleben, wird später für Sie zählen. Und an diese Wüste, von der Sie sprechen, werden Sie sich erinnern, und sie wird sich in blendender Deutlichkeit von selbst wieder bevölkern. Sie werden ihr nicht entrinnen. Man glaubt, es hätte nicht angefangen, und es hat angefangen. Man glaubt, man tut nichts, und man tut etwas. Man glaubt, auf eine Lösung zuzugehen, man dreht sich um, und da ist sie hinter einem. Zum Beispiel habe ich diese Stadt damals nicht richtig eingeschätzt. Das Hotel war nicht erstklassig, über das Zimmer, das ich reserviert hatte, war verfügt worden, es war spät, und ich hatte Hunger. Nichts erwartete mich in dieser Stadt als die Stadt selbst, riesig, und stellen Sie sich einmal vor, wie eine riesige, ganz und gar ihren eigenen Geschäften zugewandte Stadt auf einen müden Reisenden, der sie zum erstenmal sieht, wirken kann.«

»Nein, Monsieur, ich kann es mir nicht vorstellen.«

»Nichts erwartet einen dort als ein schlechtes Zimmer, das auf einen schmutzigen, lauten Hof hinausgeht. Und doch, wenn ich daran zurückdenke, weiß ich, daß diese Reise mich verändert hat, daß vieles, was ich vorher gesehen hatte, mich dorthin führte und hier erhellt wurde. Erst hinterher weiß man, daß man in diese oder jene Stadt gegangen ist, Mademoiselle, Sie wissen es ja.«

»Wenn Sie es in diesem Sinn meinen, haben Sie vielleicht recht. Vielleicht hat die Sache schon angefangen, nämlich seit ich eines Tages wollte, daß sie anfängt.«

»Ja, Mademoiselle, man glaubt, daß nichts geschieht, und doch, sehen Sie, scheint mir das Wichtigste, das in Ihrem Leben geschehen sein wird, eben dieser Ihr Wille zu sein, noch nichts zu erleben.«

»Ich verstehe, Monsieur, ja, aber verstehen Sie mich ganz, selbst wenn es von diesem Augenblick an geschehen ist, kann ich es noch nicht wissen, habe ich noch nicht die Zeit dazu gehabt. Ich hoffe, daß ich es eines Tages wissen werde, wie Sie es von dieser Reise wissen, und daß sich alles hinter mir erhellt, wenn ich mich umdrehe, doch jetzt stecke ich wirklich noch zu tief darin, um es auch nur voraussehen zu können.«

»Ja, Mademoiselle, ja, und zweifellos kann man Ihnen nichts begreiflich machen von dem, was Sie noch nicht sehen können, doch die Versuchung, es dennoch zu probieren, ist groß.«

»Monsieur, Sie sind sehr nett, aber ich bin noch nicht soweit, daß ich sehr gut verstehen würde, was man mir sagt.«

»Mademoiselle, müssen Sie denn, und ich verstehe Sie, da können Sie sicher sein, müssen Sie denn die ganze Zeit all diese Arbeit machen? Ich gebe Ihnen natürlich keinen Rat... Aber könnte, zum Beispiel, eine andere als Sie nicht notfalls ihren Mut zusammennehmen und, wenn ihr dann gewisse Frondienste erspart wären, ebensoviel von der Zukunft erhoffen? Würde eine andere das nicht tun? Denken Sie darüber nach.«

»Haben Sie Angst, Monsieur, ich könnte, weil ich nie eine Arbeit ablehne und jeden Tag mehr übernehme, ohne mich je zu beklagen, eines Tages, wenn mir das zu lange dauert, vollkommen die Geduld verlieren?«

»Es stimmt, Mademoiselle, daß ich diesen Willen, den Sie haben und den nichts abschwächen kann, ein wenig beunruhigend finde, aber nicht deshalb sagte ich es Ihnen, sondern weil es schwer zu ertragen ist, daß jemand Ihres Alters sich entschieden hat, in solcher Strenge zu leben.«

»Monsieur, ich habe keine andere Wahl, ich versichere Ihnen, daß ich viel darüber nachgedacht habe.«

»Wie viele Personen, Mademoiselle, wenn ich mir die Frage erlauben darf?«

»Sieben.«

»Und Stockwerke?«

»Sechs.«

»Und Zimmer?«

»Acht.«

»O weh!«

»Nein, warum denn, Monsieur? So läßt sich das nicht rechnen. Ich muß mich sehr ungeschickt ausdrücken, Sie haben nicht verstanden.«

»Mademoiselle, ich glaube, die Arbeit kann immer

gemessen werden, immer, in jedem Fall, Arbeit ist immer Arbeit.«

»Diese nicht, seien Sie versichert. Von dieser kann man sagen, daß es besser ist, zuviel davon zu machen als zuwenig. Wenn sie einem Zeit läßt, sich außerhalb von ihr zu amüsieren oder nachzudenken, ist man verloren.«

»Und Sie sind zwanzig.«

»Ja, und, wie man so sagt, ich habe noch nicht die Zeit gehabt, der Welt weh zu tun. Doch darum geht es nicht, scheint mir.«

»Ich bin geneigt zu glauben, daß es im Gegenteil doch darum geht. Und jene Leute sollten sich daran erinnern.«

»Trotzdem ist es nicht ihre Schuld, wenn wir alle Arbeit annehmen, die sie uns geben. Ich würde es genauso machen an ihrer Stelle.«

»Mademoiselle, ich möchte Ihnen erzählen, wie ich in diese Stadt gegangen bin, nachdem ich meinen Koffer im Zimmer abgestellt hatte.«

»Ja, Monsieur, aber Sie brauchen sich meinetwegen nicht zu beunruhigen. Es würde mich wundern, wenn ich eines Tages die Geduld verlöre. Ich denke nur daran, an die Gefahr, die besteht, die Geduld zu verlieren, da würde es mich doch wundern, verstehen Sie, Monsieur?«

»Mademoiselle, erst am Abend, nachdem ich meinen kleinen Koffer abgestellt hatte...«

»Denn man denkt viel, auch wir, Monsieur, wissen Sie. In unsere Arbeit verkrochen, bleibt uns nur noch das: denken, man denkt, es ist verrückt. Aber sicher nicht wie Sie, wenn Sie nichts tun. Wir denken nur Schlimmes. Und zwar die ganze Zeit.«

»Es war abends, direkt vor dem Essen, nach der Arbeit.«

»Wir, wir denken immer an dieselben Dinge, an dieselben Personen, und im bösen. Deshalb passen wir so auf, und deshalb brauchen Sie sich nicht zu beunruhigen. Aber, sehen Sie, Sie sprachen vom Beruf; ist das ein Beruf, bei dem man sich den ganzen Tag nur Schlimmes vorstellt? Es war abends, sagten Sie, nachdem Sie Ihren Koffer abgestellt hatten?«

»Ja, Mademoiselle. Erst abends, nachdem ich meinen Koffer im Zimmer abgestellt hatte, unmittelbar vor dem Essen, bin ich in der Stadt spazierengegangen. Ich suchte ein Restaurant. Es dauert lang und ist schwierig, nicht wahr, zu finden, was man braucht, wenn man vom Preis her eingeschränkt ist. Und während ich suchte, bin ich etwas vom Zentrum abgekommen und auf den Tierpark gestoßen. Die Brise hatte sich erhoben. Die Leute hatten die Hast der Arbeit hinter sich gelassen und gingen in diesem Park spazieren, der, wie ich Ihnen schon sagte, auf einer Anhöhe über der Stadt liegt.«

»Aber ich bin sicher, Monsieur, daß das Leben gut ist. Sonst würde ich mir doch nicht solche Mühe geben.«

»Ich weiß nicht, was geschehen ist. Sobald ich diesen Park betreten habe, bin ich ein vom Leben erfüllter Mensch geworden.«

»Monsieur, ich weiß nicht, wie der Anblick eines Parks einen Menschen glücklich machen kann.«

»Dennoch ist das ein sehr gewöhnliches Erlebnis, was ich Ihnen da erzähle, Mademoiselle, und Sie werden im Laufe Ihres Lebens noch von vielen ähnlichen hören. Mein Leben, verstehen Sie, ist so, daß zum Beispiel Reden für mich immer eine Art Glücksfall ist. Nun, ich fühlte mich in diesem Park mit einemmal so wohl, als wäre er genauso für mich gemacht wie für die anderen. Als wäre ich plötzlich, ich kann es Ihnen nicht besser sagen, größer geworden und endlich den Ereignissen meines eigenen Lebens gewachsen. Ich konnte mich nicht entschließen, den Park zu verlassen. Die Brise hatte sich also erhoben, das Licht ist honiggelb geworden, und die Löwen selber, deren ganzes Fell loderte, gähnten vor lauter Freude, da zu sein. Die Luft roch zugleich nach Feuer und nach Löwen, und ich atmete sie ein wie den Duft einer Brüderlichkeit, die mich endlich betraf. Alle Spaziergänger waren rücksichtsvoll zueinander und entspannten sich in diesem Honiglicht. Ich erinnere mich, ich fand, daß sie den Löwen ähnlich sahen. Ich war plötzlich glücklich.«

»Aber *wie* glücklich, wie jemand, der sich ausruht? Wie jemand, der Kühle findet, nachdem es ihm sehr heiß war? Glücklich, wie sie es jeden Tag sind, die anderen?«

»Mehr als das, denke ich, wahrscheinlich weil ich es nicht gewohnt war. Eine gewaltige Kraft war in mir hochgekommen, von der ich nicht wußte, was ich mit ihr tun sollte.«

»Eine Kraft, die leiden macht?«

»Vielleicht, ja, die auch leiden macht, weil nichts in der Lage zu sein scheint, sie zu erschöpfen.«

»Das ist die Hoffnung, glaube ich doch, Monsieur.«

»Ja, das ist die Hoffnung, ich weiß. Das ist trotzdem die Hoffnung. Und worauf? Auf nichts. Die Hoffnung auf Hoffnung.«

»Monsieur, wenn es nur Leute gäbe wie Sie, würden wir es nie schaffen.«

»Aber, Mademoiselle, am Ende jeder Allee in diesem Park, wirklich jeder Allee, sah man das Meer. Das Meer, ich gestehe es, ist mir ziemlich gleichgültig, gewöhnlich habe ich in meinem Leben nicht viel damit zu tun, doch hier traf es sich, daß die Leute es anschauten, alle, selbst die, die hier geboren waren, und sogar, wie mir schien, die Löwen, es kam mir so vor. Wieso sollte man da nicht anschauen, was alle Leute anschauen, selbst wenn es etwas ist, das einen für gewöhnlich wenig kümmert?«

»Es wird nicht mehr sehr blau gewesen sein, denn die Sonne ging unter, sagten Sie.«

»Es war blau, als ich aus dem Hotel trat, ja, aber dann, kurz nachdem ich in diesen Tierpark kam, wurde es dunkler und immer ruhiger.«

»Nein, da sich ja die Brise erhoben hatte, wird es nicht ganz so ruhig gewesen sein.«

»Aber das war eine so leichte Brise, wenn Sie wüßten, und es wird sie nur auf der Höhe gegeben haben, nur über der Stadt, nicht in der Ebene. Ich weiß nicht mehr genau, aus welcher Richtung sie kam, doch sicher nicht vom offenen Meer her.«

»Und dann, Monsieur, wird die untergehende Sonne nicht alle Löwen angestrahlt haben. Oder ihre Käfige hätten alle in dieselbe Richtung, nach Westen gehen müssen.«

»Mademoiselle, ich versichere Ihnen, das war der Fall, sie gingen alle in dieselbe Richtung. Und die untergehende Sonne strahlte alle Löwen an, ohne Ausnahme.«

»Über dem Meer war die Sonne also vorher untergegangen.«

»Ja, genauso ist es, Sie haben richtig geraten. Die Stadt und der Park bekamen noch Sonne ab, während das Meer bereits im Schatten lag. Das war vor drei Jahren. Deshalb sind diese Erinnerungen mir noch so nah, und ich erzähle sie gern.«

»Ich verstehe, Monsieur. Man glaubt, man kann aufs Plaudern verzichten, und dann ist es doch nicht möglich. Ab und zu unterhalte ich mich einfach so mit Unbekannten, wie wir es im Augenblick tun, immer in diesem Park, ja.«

»Wenn die Leute Lust haben zu reden, das sieht man sehr deutlich, und, das ist sehr merkwürdig, es wird im allgemeinen nicht gern gesehen. Es erscheint fast nur in Parks normal. Mademoiselle, Sie sagten also, es seien acht Zimmer, nicht wahr? Acht große Zimmer?«

»Ich weiß nicht genau, ich sehe sie wohl nicht wie jedermann. Im allgemeinen finde ich sie groß. Aber vielleicht sind sie gar nicht so groß. Eigentlich hängt es vom Tag ab. Es gibt Tage, da finde ich sie endlos, und andere, an denen ich ersticke, so klein kommen sie mir vor. Doch warum, Monsieur, diese Frage?«

»Nur so, Mademoiselle, aus Neugierde. Aus nichts als Neugierde.«

»Ach, Monsieur, ich weiß, das mag ein bißchen dumm erscheinen, aber ich kann nichts dazu.«

»Wenn ich recht verstanden habe, Mademoiselle, sind Sie wie jemand sehr Ehrgeiziges, der alles haben möchte, was die anderen haben, und zwar auf so mutige Weise, daß man sich täuschen könnte... daß man es für... heroisch halten könnte.«

»Dieses Wort schreckt mich nicht, Monsieur, obwohl ich nie daran gedacht habe. Sehen Sie, ich habe so wenig zu verlieren, daß ich mir sozusagen alles erlauben kann. Ich könnte mit der gleichen Kraft sterben wollen wie leben wollen, also? Denn verraten Sie mir doch, Monsieur, welcher bereits existierenden Annehmlichkeit ich diesen Mut opfern sollte? Und wer und was seine Unerbittlichkeit mäßigen könnte? Jeder andere an meiner Stelle würde dasselbe tun, wenn er, das versteht sich, ernsthaft wollte, was ich will.«

»Zweifellos, ja, Mademoiselle, zweifellos gibt es Fälle, jeder tut, was er glaubt tun zu müssen, nicht wahr, es gibt Fälle, in denen man nicht vermeiden kann, wie ein Held zu sein.«

»Verstehen Sie, Monsieur, wenn ich mich einmal weigern würde, etwas zu machen, egal was, dann finge ich an, mich einzurichten, mich zu wehren, mich für das, was ich tue, zu interessieren. Ich finge mit einer Sache an, machte mit einer anderen weiter, und dann? Und schließlich würde ich mich so mit meinen Rechten beschäftigen, daß ich sie ernst nähme und glaubte, sie existieren. Ich würde daran denken. Ich würde mich nicht einmal mehr sehnen. So wäre ich verloren.«

Ein Schweigen entstand zwischen ihnen. Die Sonne, die sich verborgen hatte, schien von neuem. Dann fing das junge Mädchen wieder an zu sprechen.

»Nachdem Sie so glücklich waren, als Sie in diesen Park kamen, Monsieur, sagen Sie mir, sind Sie es immer noch?«

»Ich bin es ein paar Tage geblieben. Das kann passieren.«

»Glauben Sie, daß das jedem passiert, oder nicht?«

»Es mag Leute geben, denen das nie passiert ist. So unerträglich dieser Gedanke auch ist, es muß solche geben.«

»Das ist eine Vermutung, nicht wahr, Monsieur?«

»Ja, ich kann mich irren, Mademoiselle, um ehrlich zu sein, ich habe keine Ahnung.«

»Dennoch scheinen Sie erfahren in diesen Dingen, Monsieur.«

»Nein, Mademoiselle, ich bin es nicht mehr als andere.«

»Monsieur, ich wollte Sie auch fragen: Selbst wenn die Sonne über dem Meer vorher untergegangen war, muß der Schatten die Stadt bald darauf erreicht haben, denn in jenen Ländern geht die Sonne ja sehr schnell unter, nicht wahr? Zehn Minuten nachdem der Sonnenuntergang angefangen hat, muß es soweit gewesen sein.«

»Ja, Mademoiselle, aber ich versichere Ihnen, genau

in dem Augenblick bin ich gekommen, wissen Sie, im Augenblick der Glut.«

»Ich glaube Ihnen, Monsieur.«

»Man sollte es nicht meinen, Mademoiselle.«

»Doch, Monsieur, ganz und gar. Im übrigen hätten Sie in einem ganz anderen Augenblick kommen können, ohne daß sich in der Folge etwas verändert hätte, nicht wahr?«

»So ist es, ja, aber ich bin eben in jenem Augenblick gekommen, obwohl er jeden Tag doch nur ein paar Minuten dauert.«

»Aber darum geht es doch nicht?«

»Nein. Darum geht es nicht.«

»Doch was war danach?«

»Danach ist der Park derselbe geblieben, außer daß es Nacht war. Vom Meer herauf kam Kühle, und da es am Tag sehr heiß war, wußte man sie sehr zu schätzen.«

»Trotzdem mußten Sie doch schließlich zu Abend essen, nicht?«

»Ich hatte plötzlich keinen großen Hunger mehr, ich hatte Durst. An jenem Abend habe ich nicht gegessen. Vielleicht habe ich nicht daran gedacht.«

»Aber waren Sie nicht darum aus dem Hotel gegangen: um zum Essen zu gehen?«

»Ja, aber dann habe ich es vergessen.«

»Ich, sehen Sie, Monsieur, ich bin den ganzen Tag wie in der Nacht.«

»Doch auch weil Sie es wollen, Mademoiselle, nicht? Sie möchten im Grunde so daraus hervorgehen, wie Sie hineingegangen sind, so wie man eben aus einer langen Nacht erwacht. Ich weiß natürlich, was es heißt, Nacht um sich machen zu wollen, aber, sehen Sie, mir scheint, es ist vergebens, die Gefahren des Tages dringen trotzdem durch.«

»Oh, das ist keine so finstere Nacht, Monsieur, und ich glaube nicht, daß der Tag Sie so sehr bedrohen kann. Ich bin zwanzig Jahre alt. Mir ist noch nichts widerfahren. Und ich schlafe gut. Aber eines Tages werde ich wohl für immer erwachen müssen, ich werde es müssen.«

»So laufen die Tage für Sie immer gleich ab, Mademoiselle, selbst in ihrer Verschiedenheit.«

»Heute abend empfängt man ein paar Freunde, wie jeden Donnerstag. Ich werde in der Küche am Ende des Korridors allein von der Hammelkeule essen.«

»Und der Lärm ihrer Unterhaltung wird für Sie immer gleich sein, so daß man von weitem glauben könnte, sie erzählen sich jeden Donnerstag das gleiche?«

»Ja, und ich werde nichts davon verstehen, wie gewöhnlich.«

»Und Sie werden allein dasitzen in einer Art Betäubung, vor Ihnen die Reste der Keule. Und man wird Sie rufen, damit Sie die Hammelfleischteller abräumen und den nächsten Gang servieren.«

»Nein, man wird läuten, doch Sie irren sich, man wird mich nicht wecken, ich bediene im Halbschlaf.«

»Genau wie sie bedient werden, in vollkommener Unwissenheit darüber, wer Sie sein mögen. So sind

Sie im Grunde quitt, sie können Sie weder traurig machen noch aufheitern, Sie schlafen.«
»Ja. Und dann gehen sie, und das Haus wird wieder ruhig bis zum nächsten Morgen.«
»Dann werden Sie sie von neuem ignorieren, während Sie ihnen so perfekt wie möglich dienen.«
»Zweifellos, Monsieur, doch ich schlafe gut, ah! Mein Schlaf ist ein Taumel, und sie können nichts dafür. Aber warum sagen Sie das?«
»Vielleicht um es Ihnen selbst in Erinnerung zu rufen, ich weiß nicht.«
»Ja, Monsieur, zweifellos, aber sehen Sie, eines Tages, eines schönen Tages werde ich in den Salon vordringen, zweieinhalb Stunden später als es jetzt ist, und ich werde sprechen.«
»Das wird nötig sein.«
»Ich werde sagen: Heute abend serviere ich nicht. Madame wird sich zu mir umdrehen und sich wundern. Ich werde sagen: Warum sollte ich servieren, da ich doch ab heute abend... ab heute abend... Doch nein, ich sehe nicht, wie sich Dinge von solcher Bedeutung sagen lassen.«
Der Mann antwortete nicht, und man hätte glauben können, daß seine Aufmerksamkeit auf die sanfte Brise gerichtet war, die sich von neuem erhoben hatte. Das junge Mädchen schien keine Antwort zu erwarten auf das, was sie gesagt hatte.
»In ein paar Tagen ist Sommer«, sagte der Mann – und mit einem Seufzen fügte er hinzu: »Ah, wir sind wirklich die Allerletzten.«
»Es heißt, es muß auch die geben.«

»Es heißt, daß es alles geben muß, Mademoiselle, ja.«
»Und doch, Monsieur, manchmal fragt man sich, warum es so ist.«
»Daß wir es sind und nicht die andern?«
»Ja, aber in unserer Lage fragt man sich auch, ob das nicht auf das gleiche hinausläuft: wir oder die anderen. Manchmal fragt man sich das.«
»Ja, und manchmal, in gewissen Fällen, kann das beruhigen, letzten Endes.«
»Was mich betrifft, nein, mich wird das nicht beruhigen, nein, nein. Ich muß mich darauf beschränken, zu wissen, daß es sich nur um mich handelt und nicht um die andern. Sonst bin ich verloren.«
»Wer weiß, Mademoiselle, das wird für Sie vielleicht sehr schnell aufhören, ganz plötzlich, vielleicht wird es diesen Sommer geschehen, man kann nie wissen, daß Sie diesen Salon betreten und erklären, daß von nun an die Welt werde auf Ihre Dienste verzichten müssen.«
»Ja, wer weiß? Wenn ich von der Welt spreche, so ist das Hochmut, werden Sie mir sagen, aber mir scheint immer, daß ich von der ganzen Welt spreche, verstehen Sie?«
»Ja, ich verstehe.«
»Ich werde die Salontür öffnen, Monsieur, und dann wird es mit einem Schlag und für immer getan sein.«
»Und Sie werden sich immer an diesen Augenblick erinnern, wie ich mich an diese Reise erinnere. Ich

habe seither nie wieder eine so schöne gemacht, nie eine, die mich so beglückt.«

»Warum plötzlich diese Traurigkeit, Monsieur? Sehen Sie irgend etwas Trauriges darin, daß ich eines Tages diese Tür öffnen muß? Finden Sie das nicht durchaus wünschenswert?«

»Nein, Mademoiselle, es erscheint mir ganz und gar wünschenswert und sogar mehr als das. Allerdings macht es mich schon etwas traurig, wenn Sie davon sprechen, diese Tür zu öffnen, weil Sie sie für immer öffnen werden, weil Sie es dann nie wieder tun müssen. Und dann erscheint es mir manchmal so lang, so lang, bis ich wieder in ein Land komme, das mir so entspricht wie jenes, von dem ich Ihnen erzählt habe, daß ich bisweilen zweifle, daß ich mich frage, ob es nicht besser wäre, gar nicht erst eines zu sehen.«

»Monsieur, entschuldigen Sie, aber ich kann nicht wissen, verstehen Sie, was es heißt, diese Stadt gesehen zu haben und zu hoffen, sie wiederzusehen, und ich kenne die Trostlosigkeit nicht, die Sie zu überkommen scheint, während Sie auf diesen Augenblick warten. Und Sie können noch so lange und so nett Sie wollen wiederholen, daß es nicht lustig ist, ich werde es nicht verstehen können. Ich weiß nichts, ich weiß nichts als das: Eines Tages werde ich diese Tür öffnen und mit diesen Leuten sprechen müssen.«

»Ja, Mademoiselle, natürlich. Achten Sie nicht auf diese Überlegungen. Sie kommen mir einfach bei dem, was Sie sagen, in den Sinn, doch ich möchte nicht, daß sie Sie entmutigen. Ganz im Gegenteil, und, sehen Sie, ich werde sogar so weit gehen, Sie zu fragen: Auf welchen besonders günstigen Augenblick warten Sie noch, um diese Tür zu öffnen, Mademoiselle? Warum entschließen Sie sich nicht, die Tür zum Beispiel gleich heute abend zu öffnen?«

»Allein könnte ich es nicht.«

»Meinen Sie, Mademoiselle, da Sie weder Geld noch Ausbildung haben, könnten Sie nur von vorn anfangen, es würde also nichts nützen?«

»Das meine ich und noch etwas anderes. Ich sage, allein wäre ich wie, ich weiß nicht, wie ich sagen soll, wie sinnlos, ja. Allein könnte ich nichts ändern. Ich werde weiterhin regelmäßig zum Tanzen gehen, und eines Tages wird mich ein Mann bitten, seine Frau zu werden, und dann tue ich es. Vorher, nein, vorher werde ich es nicht können.«

»Wie können Sie wissen, daß das wie ein Verhängnis wäre, wenn Sie es nie versucht haben?«

»Ich habe es versucht. Und seither weiß ich es, weiß ich: allein... außerhalb dieses Zustands vielleicht, ganz allein in einer Stadt..., wäre ich, ja, wie gesagt, wie sinnlos, ich wüßte nicht mehr, was ich will, ich wüßte vielleicht nicht einmal mehr richtig, wer ich bin, ich wüßte nicht mehr, ob ich etwas ändern will. Ich würde es dabei bewenden lassen und nichts tun und mir sagen, daß es sich nicht lohnt.«

»Ich sehe schon, was Sie sagen wollen, Mademoiselle, ja, ich sehe es sogar recht gut.«

»Man muß mich einmal erwählen. Auf diese Weise werde ich die Kraft haben, etwas zu ändern. Ich sage nicht, daß das für jedermann gilt. Ich sage, daß es für mich gilt. Ich habe es schon versucht, und ich weiß es. Nicht weil ich Hunger gehabt habe, nein, sondern weil es mich nicht mehr kümmerte, als ich Hunger hatte. Ich wußte nicht einmal mehr richtig, wer in mir Hunger hatte.«

»Ich verstehe Sie, Mademoiselle, ich ahne, was das sein mag... ja, ich ahne es, obwohl ich mir nie gewünscht habe, unter allen erwählt zu werden, wie Sie es wollen, und niemals, selbst wenn es mir gelegentlich passiert ist, eine Frage von dieser Bedeutung daraus gemacht habe.«

»Verstehen Sie, Monsieur, verstehen Sie, ich bin nie von jemandem erwählt worden, außer wegen meiner unpersönlichsten Fähigkeiten und damit ich so inexistent wie möglich sein sollte, also muß ich einmal, nur ein einziges Mal, von jemandem auserwählt werden. Sonst existiere ich, selbst in meinen eigenen Augen, so wenig, daß ich nicht einmal meinerseits wählen wollen kann. Deshalb bin ich so versessen aufs Heiraten, verstehen Sie.«

»Ja, Mademoiselle, sicher, aber sosehr ich mich bemühe, ich sehe nicht recht, wie Sie hoffen, auserwählt zu werden, wenn Sie selbst nicht wählen können.«

»Ich weiß wohl, daß das unmöglich erscheinen mag, aber es wird trotzdem geschehen müssen. Denn wenn ich mich selbst wählen ließe, wären mir alle Männer recht, wenn sie mich nur ein bißchen wollten. Wenn mich ein Mann nur bemerkte, fände ich ihn schon begehrenswert, wie sollte ich also wissen, wer zu mir paßt, wenn mir alle recht wären, die etwas von mir wollten? Nein, man wird für mich erraten müssen, was zu mir am besten paßt, ich werde es nie ganz allein wissen.«

»Selbst ein Kind weiß, was ihm paßt.«

»Aber ich bin kein Kind, und wenn ich mich dazu hinreißen lasse, es zu sein, wenn ich mich dieser Lust überlasse, die durch die Straßen schweift, ich weiß es doch, und die überall auf mich lauert, dann folge ich dem ersten besten, der mich nur für eben diese Lust will, die ich mit ihm suche, und dann bin ich ganz und gar verloren. Ich könnte mir ein neues Leben aufbauen, werden Sie mir sagen, ja, aber ich habe eben schon nicht mehr den Mut, das noch einmal in Betracht zu ziehen.«

»Aber haben Sie nicht daran gedacht, daß diese Wahl, die ein anderer für sich in Ihrem Namen treffen wird, Ihnen nicht passen und ihn später unglücklich machen könnte?«

»Ich habe schon ein bißchen daran gedacht, ja, doch ich kann nicht, noch bevor ich irgend etwas anfange, das mögliche Leid in Betracht ziehen, das ich den anderen später zufügen könnte. Ich sage mir das eine: Wenn alle mehr oder weniger Leid zufügen, indem sie leben, wählen, sich irren, wenn das unvermeidlich ist, nun gut!, dann werde auch ich es auf mich nehmen. Ich werde das Leid auf mich nehmen, wenn es sein muß, wenn alle es auf sich nehmen.«

»Beruhigen Sie sich, Mademoiselle, es werden sich schon welche finden, da können Sie sicher sein, die erraten, daß Sie eines Tages existieren werden, sowohl für sie selbst wie für die anderen. Doch, sehen

Sie, manchmal kann man sich fast an den Mangel gewöhnen, von dem Sie sprechen.«

»An welchen Mangel? Nie auserwählt zu werden?«

»Wenn Sie so wollen, ja. Für mich wäre erwählt zu werden etwas so Erstaunliches, daß ich lachen müßte, glaube ich, wenn es wirklich geschähe.«

»Mich würde es keineswegs erstaunen. Ich fände es im Gegenteil ganz natürlich. Hingegen erstaunt es mich jeden Tag mehr, daß ich noch von niemandem erwählt worden bin. Ich kann es einfach nicht verstehen, und es ist das, an was ich mich nicht gewöhnen kann.«

»Es wird geschehen, Mademoiselle, ich versichere es Ihnen.«

»Ich danke Ihnen, Monsieur. Doch sagen Sie es, um mir eine Freude zu machen, oder sind mir diese Dinge schon anzusehen, sind sie schon ein wenig zu ahnen?«

»Zweifellos sind sie schon zu ahnen, ja. Offen gestanden habe ich es Ihnen gesagt, ohne viel zu überlegen, aber nicht, um Ihnen eine Freude zu machen, keineswegs. Ich habe es gesagt, weil es eben deutlich ist.«

»Und Sie, Monsieur, woher wissen Sie es für sich selbst?«

»Nun, weil... ich eben nicht erstaunt darüber bin, ja, das muß es sein... Ich bin keineswegs erstaunt, während Sie derart erstaunt sind, daß Sie nicht unter allen anderen auserwählt worden sind, so, wie Sie es sich wünschen.«

»An Ihrer Stelle, Monsieur, würde ich dieses Verlangen bei mir zulassen, koste es, was es wolle, aber so würde ich nicht bleiben.«

»Aber, Mademoiselle, da ich es nicht habe, dieses Verlangen, könnte es nur... nur von außen über mich kommen. Wie sonst?«

»Ach, Monsieur! Wenn Sie so reden, möchte ich sterben.«

»Meinen Sie mich, oder ist das eine Redensart?«

»Das ist eine Redensart, Monsieur, gewiß, sowohl von Ihnen als auch von mir.«

»Denn ich würde auch nicht so gern, Mademoiselle, und sei es nur ein einziges Mal in meinem Leben, ein so heftiges Verlangen nach etwas bei irgend jemandem hervorgerufen haben.«

»Entschuldigen Sie, Monsieur.«

»Oh, Mademoiselle, das hat keinerlei Bedeutung.«

»Und ich danke Ihnen auch.«

»Wofür denn?«

»Ich weiß nicht, Monsieur, für Ihre Liebenswürdigkeit.«

II

Das Kind kam gemächlich aus dem Hintergrund des Parks und stellte sich wieder vor das junge Mädchen.
»Ich habe Durst«, erklärte es.
Das junge Mädchen nahm eine Thermosflasche und einen Becher aus der Tasche.
»Ja, stimmt«, sagte der Mann, »nachdem er seine zwei Brote gegessen hat, muß er Durst haben.«
Das junge Mädchen zeigte die Thermosflasche und machte sie auf. Noch ganz warme Milch dampfte in der Sonne.
»Aber, Monsieur, ich habe ihm ja Milch mitgebracht.«
Das Kind trank gierig den ganzen Becher aus und gab ihn dann dem jungen Mädchen zurück. Um die rosa Lippen blieb eine Milchspur. Das junge Mädchen wischte sie mit einer leichten, sicheren Geste ab. Der Mann lächelte dem Kind zu.
»Ich sagte es nur«, erwiderte er, »um dies festzustellen, aus keinem anderen Grund, als um dies festzustellen.«
Das Kind betrachtete den Mann, der ihm zulächelte, vollkommen gleichgültig. Dann kehrte es zum Sand zurück. Das junge Mädchen folgte ihm mit den Augen.
»Er heißt Jacques«, sagte sie.
»Jacques«, wiederholte der Mann.
Doch er dachte nicht an das Kind.

»Ich weiß nicht, ob Sie bemerkt haben«, fuhr er fort, »wie denen die Milch um die Lippen herum bleibt, nachdem sie getrunken haben. Das ist merkwürdig. Sie haben schon Manieren, sie sprechen, sie gehen, und wenn sie Milch trinken, versteht man plötzlich...«

»Der sagt nicht: die Milch, er sagt: meine Milch.«

»Wenn ich so etwas sehe wie diese Milch, erfüllt mich plötzlich Zuversicht, ohne daß ich einen Grund dafür nennen kann. Etwas wie Erleichterung auch von ich weiß nicht welcher Bedrückung. Ja, ich glaube, all diese Kinder führen mich zu den Löwen jenes Parks zurück. Ich sehe sie wie kleine Löwen, aber ich sehe sie wie Löwen, ja.«

»Sie scheinen Ihnen jedoch nicht die gleiche Art von Glücksgefühl zu verschaffen wie jene Löwen, deren Käfige der Sonne zugewandt waren.«

»Sie verschaffen ein gewisses Glücksgefühl, doch nicht das gleiche, das stimmt. Sie beunruhigen, sie verwirren einen immer. Nicht daß ich die Löwen besonders liebe, verstehen Sie, nein. Nein, es ist nur eine Redensart.«

»Vielleicht messen Sie dieser Stadt zuviel Bedeutung bei, Monsieur, und Ihr übriges Leben leidet ein bißchen darunter. Oder meinen Sie, noch einmal, ich verstünde, ohne die Stadt gesehen zu haben, das Glücksgefühl, das sie Ihnen verschafft haben mag?«

»Vielleicht, ja, Mademoiselle, vielleicht würde ich sie einer Person Ihrer Art am liebsten beschreiben.«

»Ich danke Ihnen, Monsieur, Sie sind liebenswürdig,

aber, sehen Sie, ich habe nicht sagen wollen, ich sei besonders unglücklich in meiner Lage, sei es mehr als andere in der gleichen Lage. Nein, es geht um etwas ganz anderes, das mir der Anblick keines Landes auf der Welt, so fürchte ich, ersetzen könnte.«

»Entschuldigen Sie, Mademoiselle, aber wenn ich sage, daß ich die Augenblicke, die ich in diesem Land erlebt habe, gern einer Person wie Ihnen beschreiben würde, dann will ich keineswegs unterstellen, daß Sie unglücklich sind, ohne es zu wissen, und daß es Ihnen gut täte, gewisse Dinge zu lernen, nein, ich meine nur, daß ich den Eindruck hatte, als wären Sie besser als jemand anders geeignet zu verstehen, was man sagen will. Das ist alles, ich versichere es Ihnen. Aber zweifellos habe ich allzusehr auf dieser Stadt beharrt, und Sie konnten es nur übel aufnehmen.«

»Nein, gewiß nicht, Monsieur, nein, ich wollte Sie nur warnen, falls Sie mich irrtümlich für unglücklich gehalten hätten, Ihnen sagen, daß Sie sich täuschen. Natürlich gibt es Augenblicke, in denen ich weine, das stimmt, aber nur aus Ungeduld, aus Gereiztheit, wenn Sie so wollen. Nein, auf die Gelegenheit, endlich ernsthaft über mich selbst traurig zu werden, warte ich noch.«

»Ich sehe schon, Mademoiselle, ja, doch Sie könnten sich manchmal darüber täuschen, nicht wahr, und gar keinen Nachteil darin sehen.«

»Nein, das könnte ich nicht. Ich werde unglücklich sein wie jedermann oder ich werde es nicht sein. Ich möchte es sein, wie die anderen es sind, oder ich werde so gut ich kann vermeiden, es zu sein. Wenn das Leben nicht glücklich ist, will ich es gern selber lernen, verstehen Sie, auf eigene Rechnung, konsequent und so vollständig wie möglich; und dann, nun ja, sterbe ich an dem, was ich gewollt hätte, und man wird mich beweinen. Letztlich verlange ich nur das gewöhnliche Schicksal. Aber trotzdem, Monsieur, erzählen Sie mir ein wenig, wie es war.«

»Ich kann es nur schlecht. Verstehen Sie, ich schlief nicht und war doch nicht müde.«

»Und weiter?«

»Ich aß nicht und hatte keinen Hunger.«

»Und weiter?«

»All meine kleinen Probleme hatten sich verflüchtigt, als hätten sie bisher nur in meiner Einbildung existiert. Sie kamen mir wie aus einer fernen Vergangenheit ins Gedächtnis, und ich lächelte darüber.«

»Doch am Ende hätten Sie Hunger bekommen und wären müde gewesen, anders ist es unmöglich.«

»Zweifellos, ja, aber ich bin nicht lang genug in dieser Stadt geblieben, als daß Hunger und Müdigkeit zurückgekehrt wären.«

»Als sie dann anderswo zurückgekehrt ist, die Müdigkeit, war sie da groß?«

»Ich habe einen ganzen Tag lang in einem Gehölz neben der Straße geschlafen.«

»Wie diese Landstreicher, die einem angst machen?«

»Ja, genau so, den Koffer neben mir.«

»Ich verstehe, Monsieur.«

»Nein, Mademoiselle, ich glaube nicht, daß Sie es schon können.«

»Ich meine, ich versuche es, Monsieur, eines Tages aber wird es mir gelingen, ich werde ganz und gar verstehen, was Sie mir gesagt haben. Jedermann kann es, nicht wahr, Monsieur?«

»Ja, aber Sie, scheint mir, Sie werden es eines Tages ganz und gar verstehen, so vollkommen wie möglich.«

»Ach, Monsieur, Sie können sich nicht vorstellen, wie schwierig es ist, das zu erreichen, wovon ich gesprochen habe: für sich und ganz allein das Schicksal von jedermann zu erlangen. Ich meine vor allem, wie schwierig es ist, verstehen Sie, den Überdruß zu überwinden, den man sich selbst gegenüber bekommt, weil man für sich selbst ganz allein die Vorteile von jedermann haben will.«

»Das ist es wahrscheinlich auch, was so viele Leute von dem Versuch abhält, sie zu erlangen. Ich bewundere, daß Sie diese Schwierigkeiten überwinden.«

»Leider ist der Wille nicht alles. Wenn sich bisher ein paar Männer gefunden haben, denen ich gefiel, so hat mich doch noch keiner gebeten, seine Frau zu werden. Es ist etwas ganz anderes, ob man an einem jungen Mädchen Gefallen findet oder ob man es zur Frau will. Wenn man bedenkt, daß ich das durchstehen muß. Es geht unmöglich anders. Ich muß einmal in meinem Leben wirklich ernst genommen werden. Monsieur, ich wollte Sie fragen: Wenn man etwas die ganze Zeit, zu jeder Stunde, Tag und Nacht, will, muß man es dann zwangsläufig erlangen?«

»Ich glaube nicht, daß man es zwangsläufig erlangt, Mademoiselle, aber es ist immer noch die beste Methode, um es zu versuchen, um die größte Chance zu haben, es zu erlangen. Ich sehe keine andere.«

»Wir reden nur, nicht wahr, Monsieur, und da wir uns nicht kennen, können Sie mir die Wahrheit sagen.«

»Ja, Mademoiselle, aber noch einmal, ich sehe keine andere. Doch vielleicht habe ich so wenig Erfahrung, daß ich nicht genau wissen kann, wie das ist.«

»Denn ich habe gehört, daß man im Gegenteil gerade dann etwas erlangt, wenn man es nicht im geringsten versucht.«

»Aber, Mademoiselle, wie sollte es Ihnen gelingen, etwas nicht zu wollen, das Sie so sehr wollen?«

»Das habe ich mir auch gesagt, ja, und eigentlich habe ich diese Art und Weise nie sehr seriös gefunden. Ich denke, sie sollten Leuten vorbehalten sein, die etwas im einzelnen wollen, die bereits etwas haben, von dem aus sie weiteres wollen, aber nicht solchen wie uns, Verzeihung, Monsieur, wie mir, meine ich, die alles wollen und nicht im einzelnen, sondern im... wie sagt man?«

»Im Prinzip.«

»Vielleicht, ja. Aber ich möchte gern, daß Sie mir noch mehr über die Kinder erzählen. Sie lieben sie, sagten Sie.«

»Ja. Manchmal, wenn ich niemanden finde, mit dem ich reden kann, rede ich mit ihnen. Aber Sie wissen ja, wie das ist, mit Kindern kann man nicht viel reden.«

»Ach, Monsieur, Sie haben recht, wir sind die Allerletzten.«

»Ich meinerseits aber möchte nicht sagen, daß ich unglücklich oder traurig bin, wenn ich sage, daß ich manchmal ein so lebhaftes Bedürfnis zu sprechen empfinde, daß ich mich an Kinder wende. Nein, das ist es nicht, denn immerhin habe ich das Leben, das ich hier führe, ein bißchen gewählt, oder ich müßte verrückt sein, wenn ich mein Unglück gewählt hätte.«
»Das wiederum wollte ich nicht sagen, entschuldigen Sie. Nein, das ist mir beim Anblick dieses schönen Wetters nur so herausgerutscht. Sie müssen mich verstehen und sich nicht daran stoßen. Das schöne Wetter läßt mich manchmal an allem zweifeln, doch das dauert nur ein paar Sekunden. Ich bitte um Entschuldigung, Monsieur.«
»Das ist doch unwichtig, lassen Sie nur. Nein, ich gehe manchmal in den Park, wenn ich ein paar Tage nicht geredet habe, sehen Sie, ich meine, nicht geplaudert, wenn ich keine andere Gelegenheit dazu hatte als mit Leuten, die meine Ware kaufen, und wenn diese Leute es eilig haben oder so mißtrauisch sind, daß ich ihnen kein Wort sagen kann außer denen, mit denen ich meine Stoffe anpreise. Unter diesen Umständen macht sich das natürlich nach ein paar Tagen bemerkbar. Man sehnt sich so sehr danach, mit jemandem zu plaudern, und danach, daß einem jemand zuhört, daß einen das sogar ein bißchen krank machen kann und man eine Art Fieber bekommt.«
»Ja, ich weiß, es scheint dann, als könnte man auf alles, Essen, Schlafen, eher verzichten als auf Reden.

Aber in dieser Stadt, Monsieur, sind Sie ohne die Gesellschaft der Kinder ausgekommen, nicht wahr?«

»In dieser Stadt, ja, Mademoiselle. Da war ich nicht mit Kindern zusammen.«

»So hatte ich es auch verstanden.«

»Ich habe sie von weitem gesehen. In den Vorstädten gibt es viele, und sie sind sehr frei, und vom Alter Ihres Schützlings, von fünf Jahren an, durchqueren sie die ganze Stadt, um in den Zoo zu gehen. Sie essen irgendwann, und nachmittags schlafen sie im Schatten der Löwenkäfige. Ich habe sie von weitem gesehen, ja, wie sie im Schatten dieser Käfige geschlafen haben.«

»Es stimmt, die Kinder haben Zeit, sie reden mit jedem, der sie anspricht, sie sind immer bereit, einen anzuhören, doch man hat ihnen nicht viel zu sagen.«

»Das ist das Dumme, ja, sie haben keine Vorurteile gegen einsame Menschen, sie mißtrauen niemandem, aber wie Sie sagten, man hat ihnen nicht viel zu sagen.«

»Und was weiter, Monsieur?«

»Oh, wir sind in ihren Augen alle gleich viel wert, wenn wir ihnen von Flugzeugen und Lokomotiven erzählen. Darüber kann man mit ihnen reden, immer von den gleichen Dingen. Das ist keine große Abwechslung, aber immerhin.«

»Das übrige können sie nicht verstehen, das Unglück zum Beispiel, und mit ihnen zu reden bringt wohl nicht viel ein.«

»Wenn Sie ihnen von anderem erzählen, hören sie nicht mehr zu, dann gehen sie.«

»Ich rede manchmal ganz für mich allein.«

»Das ist mir auch schon passiert.«

»Ich rede nicht mit mir selbst, nein. Ich rede mit jemandem vollkommen Imaginärem, der jedoch nicht irgend jemand ist, sondern mein persönlicher Feind. So, sehen Sie, habe ich noch keine Freunde und erfinde mir Feinde.«

»Was sagen Sie zu ihm, Mademoiselle?«

»Ich beschimpfe ihn, ohne ihm je die mindeste Erklärung zu geben. Warum bloß, Monsieur, sagen Sie's mir.«

»Wer weiß? Wahrscheinlich weil ein Feind Sie nicht verstehen kann und Sie das Glück, verstanden zu werden, die Erleichterung, die das bewirkt, schlecht ertrügen.«

»Und dann bedeutet es auch, etwas zu sagen, nicht wahr, und zwar nichts, was zur Arbeit gehört.«

»Ja, Mademoiselle, und da Sie ja niemand hört und Ihnen das Spaß macht, ist es besser, wenn Sie es sich nicht verwehren.«

»Als ich vom Unglück sprach, das die Kinder nicht verstehen können, sprach ich vom Unglück ganz allgemein, Monsieur, dem von jedermann, und nicht von einem bestimmten.«

»So habe ich es auch verstanden, Mademoiselle. Man ertrüge es übrigens nicht, wenn die Kinder das Unglück verstünden. Sie sind zweifellos die einzigen Wesen, von denen man nicht ertragen kann, wenn sie unglücklich sind.«

»Es gibt nicht viele glückliche Menschen, nicht wahr?«

»Ich glaube nicht, nein. Es gibt welche, die wichtig finden, es zu sein, und die auch glauben, es zu sein, die es im Grunde aber gar nicht besonders sind.«

»Dennoch hätte ich gedacht, es sei so etwas wie eine Pflicht aller Menschen, glücklich zu sein, so wie man eher die Sonne sucht als den Schatten. Sehen Sie zum Beispiel mich an, Monsieur, wieviel Mühe ich mir gebe.«

»Natürlich ist es so etwas wie eine Pflicht, Mademoiselle, das glaube ich auch. Doch Sie, verstehen Sie, wenn Sie die Sonne suchen, dann tun Sie es vom Dunkeln aus. Sie können nicht anders. Man kann nicht im Dunkeln leben.«

»Aber dieses Dunkel mache ich, Monsieur, genau wie die anderen die Sonne suchen, ich mache es wie die andern das Glück, das ist das gleiche. Ich mache es für mein Glück.«

»Ja, Mademoiselle, genau deswegen sind die Dinge vielleicht für Sie einfacher als für die andern, Sie haben keine andere Wahl, während die andern, die eine haben, nun ja, sich womöglich nach etwas anderem sehnen, das sie noch nicht kennen.«

»Den Herrn, bei dem ich diene, könnte man für glücklich halten. Er ist ein Geschäftsmann, der viel Geld hat. Er ist jedoch zerstreut, ja, wie jemand, der sich langweilt. Ich glaube, er hat mich nie angeschaut, er kennt mich, ohne mich je gesehen zu haben.«

»Sie sind doch eine Person, die man anschaut, Mademoiselle.«

»Aber er schaut niemanden an, es ist, als wüßte er sich seiner Augen nicht mehr zu bedienen. Deshalb erscheint er mir manchmal weniger glücklich, als man annehmen könnte. Als wäre er alles leid, einschließlich das Sehen.«

»Und seine Frau?«

»Auch seine Frau könnte man für glücklich halten. Doch ich, ich weiß, sie ist es nicht.«

»Die Frauen solcher Männer ängstigen sich leicht, und sie haben den niedergeschlagenen, müden Blick der Frauen, die nicht mehr träumen, nicht wahr?«

»Diese nicht, sie hat einen klaren Blick, und nichts kann sie überraschen. Sie gilt als jemand, der vom Leben erfüllt ist. Doch ich weiß, daß es nicht so ist. Diese Dinge durchschaut man in meinem Beruf. Abends kommt sie sehr oft mit gelangweilter Miene, die mich nicht täuscht, in die Küche und scheint meine Gesellschaft zu suchen.«

»Das ist es ja, was wir sagten: Im Grunde ertragen die Leute das Glück nur schlecht. Sie wünschen es sich natürlich, aber sobald sie es haben, verzehren sie sich danach zu träumen...«

»Ich weiß nicht, Monsieur, ob das Glück schlecht zu ertragen ist oder ob die Leute es nicht recht begreifen, oder ob sie nicht genau wissen, was sie brauchen, oder ob sie sich seiner nur schlecht zu bedienen verstehen, oder ob sie seiner überdrüssig werden, weil sie zuviel darüber nachgedacht haben, ich weiß es nicht; was ich weiß, ist, daß man darüber spricht, daß dieses Wort existiert und daß man es nicht umsonst erfunden hat. Und ich werde auch nicht daran zweifeln, weil ich weiß, daß die Frauen, selbst jene, die als die glücklichsten gelten, sich abends oft fragen, warum sie dieses Leben und nicht ein anderes führen. Dabei will ich es im Augenblick belassen.«

»Natürlich, Mademoiselle. Als wir sagten, daß das Glück schlecht zu ertragen ist, meinten wir nicht, daß man ihm deswegen ausweichen sollte. Ich wollte Sie fragen, Mademoiselle, ist es gegen sechs Uhr, wenn diese Frau zu Ihnen kommt? Und Sie fragt, wie es bei Ihnen im Augenblick so geht?«

»Ja, um diese Zeit kommt sie. Ich weiß wohl, was es damit auf sich hat, Monsieur, und daß um diese Zeit viele Frauen sich nach etwas anderem sehnen, als sie haben, aber deshalb werde ich das Spiel nicht aufgeben.«

»Wenn alle Voraussetzungen gegeben sind, daß es gut geht, genauso ist es, dann tun die Leute alles, um sie zu durchkreuzen. Sie finden das Glück bitter.«

»Das kümmert mich wenig, Monsieur. Noch einmal, ich möchte die Bitterkeit des Glücks kennenlernen.«

»Wenn ich das gesagt habe, Mademoiselle, dann ganz ohne Absicht, nur so, um zu reden.«

»Man könnte meinen, Monsieur, daß Sie mich zwar nicht entmutigen, aber doch warnen wollten.«

»Kaum, Mademoiselle, kaum, und nur ganz vorsichtig, ich versichere es Ihnen.«

»Aber da ich durch meinen Beruf ja schon vor den Nachteilen des Glücks gewarnt bin, brauchen Sie sich keine Sorgen zu machen. Übrigens kümmert es mich im Grunde wenig, Glück oder etwas anderes, das kümmert mich wenig, wenn ich nur etwas zum

Beißen habe. Da ich nun einmal da bin, brauche ich mein Geld, da gibt es nichts. Ich werde es genauso machen wie jedermann. Ich kann mir nicht vorstellen, eines Tages zu sterben, ohne abends bar auf die Hand mein Geld bekommen zu haben, das ich dann mit einem Ausdruck ansehe, wie Madame ihn hat, wenn sie zu mir kommt.«

»Man kann sich müde Augen bei Ihnen schlecht vorstellen, Mademoiselle. Vielleicht wissen Sie es nicht, aber Sie haben sehr schöne Augen.«

»Sie werden schön sein, Monsieur, wenn ihre Zeit gekommen ist.«

»Aber wenn man bedenkt, daß Sie eines Tages Ähnlichkeit mit dieser Frau, wer immer sie sei, haben werden, das entmutigt ein bißchen.«

»Was sein muß, muß sein, Monsieur, und ich werde durchstehen, was notwendig ist. Das ist meine größte Hoffnung. Und nachdem meine Augen schön gewesen sind, werden sie sich mit Schatten füllen wie alle Augen.«

»Als ich Ihnen sagte, Ihre Augen seien schön, Mademoiselle, meinte ich vor allem den Blick.«

»Weil Sie sich irren, Monsieur, ohne Zweifel. Und selbst wenn Sie sich nicht irrten, ich, der dieser Blick gehört, kann mich nicht damit begnügen.«

»Ich verstehe, Mademoiselle, dennoch ist es schwierig, Ihnen nicht zu sagen, daß Sie für die anderen bereits sehr schöne Augen haben.«

»Andernfalls bin ich verloren, Monsieur. Wenn ich mich damit begnüge, diesen Blick da zu haben, bin ich verloren.«

»Also, diese Frau kommt in die Küche, sagten Sie?«
»Ja, manchmal kommt sie. Das ist der einzige Augenblick des Tages, da sie kommt. Sie fragt mich immer dasselbe: wie es bei mir gehe.«
»Als könnte es Ihnen heute anders gehen als morgen?«
»Ja, genau so.«
»Diese Leute machen sich Illusionen über uns, was wollen Sie. Aber vielleicht gehört es nicht zu unserem Dienst, sie darin zu bestärken?«
»Waren Sie denn schon mal von einem Arbeitgeber abhängig, Monsieur, daß Sie die Dinge so gut verstehen, wie Sie es tun?«
»Nein, Mademoiselle, das ist jedoch eine Bedrohung, die so ständig über unsereinem schwebt, daß man sie sich besser vorstellen kann als andere Leute.«
Es entstand ein ziemlich langes Schweigen zwischen dem Mann und dem Mädchen, man hätte meinen können, sie seien zerstreut und achteten nur auf das milde Wetter. Dann begann der Mann von neuem zu sprechen. Er sagte:
»Im Prinzip stimmen wir überein, Mademoiselle. Noch einmal, als ich von jener Frau und den Leuten sprach, die vermeiden, ganz und gar glücklich zu sein, wollte ich damit nicht sagen, daß man deswegen nicht ihrem Beispiel folgen, nicht seinerseits es versuchen, nicht seinerseits scheitern soll. Ich wollte auch nicht sagen, daß man sich vor Wünschen wie dem Ihren nach einem Gasherd hüten und von vornherein allem ausweichen soll, was sich daraus ergibt, wenn Sie ihn

erst einmal gekauft haben, dem Kühlschrank und selbst dem Glück. Ich habe nicht eine Minute zu verstehen gegeben, daß ich die Berechtigung Ihrer Hoffnung in Zweifel ziehe. Ich finde sie im Gegenteil ganz und gar legitim, Mademoiselle, glauben Sie mir.«

»Müssen Sie gehen, Monsieur, daß Sie so zu mir sprechen?«

»Nein, Mademoiselle, ich wollte nicht, daß Sie sich über meine Worte täuschen, das ist alles.«

»So wie Sie plötzlich sprachen, glaubte ich, Sie zögen Schlüsse aus all dem, was wir gesagt haben, weil etwas Sie drängt zu gehen.«

»Nein, Mademoiselle, nichts drängt mich, nein. Ich sagte Ihnen, daß ich Ihnen ganz und gar zustimme, und ich wollte hinzufügen, daß das, was ich, noch einmal, nicht so gut verstehe, ist, daß Sie alle zusätzliche Arbeit, die man Ihnen gibt, immer, welche es auch sei, übernehmen. Entschuldigen Sie, daß ich darauf zurückkomme, Mademoiselle, aber ich kann es nicht ganz und gar billigen, selbst wenn ich die Gründe, warum Sie diese Arbeit machen, verstehe. Ich fürchte... was ich fürchte, sehen Sie, ist, daß Sie glauben, Sie müßten so viel Frondienste wie möglich annehmen, um eines Tages verdientermaßen damit aufhören zu können.«

»Und wenn es so wäre?«

»Nein, Mademoiselle, nein. Nichts und niemand, glaube ich, hat den Auftrag, unsere persönlichen Verdienste zu belohnen, schon gar nicht jene dunklen und unbekannten. Wir sind allein gelassen.«

»Aber wenn ich Ihnen sage, daß ich es nicht deshalb tue, sondern nur, um den Widerwillen gegen diesen Beruf unverfälscht zu bewahren?«

»Entschuldigen Sie, aber selbst in diesem Fall bin ich nicht einverstanden. Ich glaube, Sie haben in Wirklichkeit schon begonnen, ein Leben zu leben, Mademoiselle, und Sie müssen es sich unablässig wiederholen, es ist mir sehr peinlich, Ihnen so etwas zu sagen, ja, doch ich glaube, es ist so, Sie haben bereits begonnen, und auch für Sie vergeht bereits die Zeit, und Sie vergeuden sie, Sie verlieren sie, indem Sie zum Beispiel diese oder andere Arbeiten annehmen, denen sie ausweichen könnten.«

»Es ist nett von Ihnen, Monsieur, daß Sie mit so viel Verständnis anstelle der anderen denken. Das könnte ich nicht.«

»Sie, Sie haben anderes zu tun, Mademoiselle; dies ist eben die Muße, sehen Sie, die man hat, wenn man nicht soviel hofft.«

»Ich bin nun einmal entschlossen, da herauszukommen, das stimmt vielleicht, das ist vielleicht das Zeichen, daß es angefangen hat. Und daß ich auch manchmal weine, auch das muß ein Zeichen sein, ich sollte es mir vielleicht nicht mehr verhehlen.«

»Man weint immer, nein, das ist es nicht, Sie sind einfach da, das ist es.«

»Eines Tages habe ich mich aber bei unserer Gewerkschaft erkundigt und gesehen, daß die meisten Dinge, die wir tun, durchaus in unseren normalen Aufgabenbereich gehören. Das war vor zwei Jahren. Im Grunde kann ich es Ihnen ja sagen, wir müssen uns in unserem Beruf mitunter um sehr alte Frauen von manchmal zweiundachtzig Jahren kümmern, die bis zu zweiundneunzig Kilo wiegen und die nicht mehr bei Verstand sind und die zu jeder Tages- und Nachtzeit ihre Bedürfnisse in die Kleider verrichten und von denen niemand mehr etwas hören will. Das ist so lästig, ja, ich gebe es zu, daß wir manchmal bis zur Gewerkschaft gehen. Und es trifft sich, daß diese Dinge nicht verboten sind, daß man nicht einmal daran gedacht hat. Und im übrigen, selbst wenn man daran gedacht hätte, wissen Sie ja, Monsieur, daß sich unter uns immer welche fänden, die einwilligten, jedwede Arbeit zu machen, daß es immer welche gäbe, die einwilligten zu tun, was wir uns weigern zu tun, daß sich immer welche fänden, die nicht anders könnten als einzuwilligen zu tun, was jeder sich zu tun schämen würde.«

»Mademoiselle, zweiundneunzig Kilo, sagten Sie?«

»Ja, beim letzten Wiegen hatte sie noch mehr zugenommen, und, wohlgemerkt, ich habe sie nicht ermordet, nicht einmal vor zwei Jahren, als ich von der Gewerkschaft kam, und sie war schon sehr dick, und ich war achtzehn Jahre alt, und ich ermorde sie immer noch nicht, während es doch zunehmend leichter wäre, denn sie altert immer mehr und ihre Hinfälligkeit nimmt zu trotz ihrer Dicke, und sie ist allein im Badezimmer, wenn sie gewaschen wird, und das Badezimmer ist am Ende jenes Flurs, von dem ich sprach und der so lang ist wie die Hälfte dieses Parks, und es genügte, sie drei Minuten unter Wasser zu halten, damit es vorbei wäre, und außerdem ist sie so alt, daß ihre Kinder nicht mehr viel dagegen hätten, wenn sie stürbe, und sie übrigens auch nicht, die gar nichts mehr mitbekommt, und, wohlgemerkt, ich tue es nicht nur nicht, sondern ich kümmere mich richtig um sie, immer noch aus denselben Gründen, die ich Ihnen genannt habe, noch einmal, denn wenn ich sie ermordete, hieße das, ich hielte es für möglich, daß sich meine Lage dadurch verbessern, ganz einfach erträglich werden könnte, und wenn ich mich schlecht um sie kümmere, fände sich, außer daß es ebenfalls gegen meinen Plan wäre, immer jemand, der sich gut um sie kümmerte. ›Für eine, die ausfällt, kommen zehn nach‹, das ist unser Status. Nein, nur ein Mann kann mich da herausholen, nicht die Gewerkschaft und auch nicht ich selbst. Nochmals, entschuldigen Sie.«

»Ach, ich weiß nicht mehr, was ich Ihnen sagen soll, Mademoiselle.«

»Reden wir nicht mehr davon, Monsieur.«

»Ja, Mademoiselle, aber, ein letztes Mal, zum Beispiel diese Frau, mir scheint, und Sie sagen es selbst, daß Sie kaum etwas tun müßten. Und niemand, auch nicht sie selber, hätte viel dagegen, wie Sie sagen. Noch einmal, ich gebe Ihnen keine Ratschläge, nicht wahr, doch mir scheint, daß, in gewissen Fällen, Leute, andere Leute, dies zum Beispiel tun könnten, um sich das Leben ein bißchen zu erleichtern, und dann genausoviel von der Zukunft erhoffen könnten.«

»Nein, Monsieur, es ist nutzlos, so mit mir zu reden. Mir ist lieber, wenn dieser Horror noch schlimmer wird. Das ist für mich die einzige Art und Weise, da herauszukommen.«

»Man kann immer plaudern, nicht wahr, Mademoiselle, und ich fragte mich einfach, ob es nicht so etwas wie eine Pflicht wäre, sich zu entlasten von so viel Hoffnung?«

»Ich kenne jemanden, Monsieur, im Grunde kann ich es Ihnen nun auch schon sagen, jemanden wie mich, der es versucht hat, der getötet hat.«

»Nein, vielleicht hat sie es geglaubt, sogar sie selbst, aber es wird nicht stimmen, sie hat nicht getötet.«

»Einen Hund. Sie war sechzehn. Sie werden mir sagen, das sei nicht dasselbe, aber sie, die es getan hat, sie sagt, daß sich das außerordentlich ähnlich ist.«

»Man gab ihm wahrscheinlich nichts zu fressen, so was ist nicht töten.«

»Doch, sie aßen beide das gleiche. Das war, verstehen Sie, ein sehr teurer Hund. Sie aßen also zwar beide anderes als die andern, aber die beiden aßen das gleiche. Da hat sie ihm eines Tages sein Beefsteak geklaut, ein einziges Mal. Aber das hat nicht genügt.«

»Sie war noch so jung, und sie hatte Hunger auf Fleisch, wie die Kinder.«

»Sie hat ihn vergiftet. Sie hat ihre Schlafenszeit ausgenützt, um ihm Schwamm ins Futter zu mischen. Der Schlaf war ihr gleichgültig, erzählte sie mir. Der Hund hat zwei Tage gebraucht, um zu sterben. Doch, es ist dasselbe. Sie weiß es, sie hat ihn sterben sehen.«

»Mademoiselle, nicht normal wäre es gewesen, wenn sie es nicht getan hätte.«

»Warum diese Wut auf einen Hund, Monsieur? Trotz all dem, was er fraß, er war ihr einziger Freund. Man glaubt, nicht böse zu sein, und doch, Sie sehen ja!«

»Mademoiselle, das dürfte es nicht geben. Wenn es das aber trotzdem gibt, können wir unsererseits nicht umhin, Dinge zu tun, die wir nicht tun sollten. Das ist unvermeidlich, absolut unvermeidlich.«

»Man hat gewußt, daß sie es war, die ihn getötet hatte. Man hat sie entlassen. Sonst hat man ihr nichts tun können, weil das Töten eines Hundes nicht der Zuständigkeit der Justiz unterliegt. Sie sagte, es wäre ihr fast lieber gewesen, man hätte sie bestraft, solche Gewissensbisse hatte sie. In diesem Beruf kommen einem entsetzliche Bedürfnisse.«

»Mademoiselle, hören Sie auf damit.«

»Ich arbeite den ganzen Tag, Monsieur, und ich würde lieber mehr arbeiten können, doch an etwas anderem, das in der Öffentlichkeit getan wird, das man sieht, das zählt wie das übrige, wie das Geld. Ich möchte Steine klopfen auf der Straße, Eisen schmelzen in der Schmiede.«

»Tun Sie es, Mademoiselle, klopfen Sie Steine auf der Straße, hören Sie auf damit.«

»Nein, Monsieur, wie ich Ihnen schon sagte, allein würde ich es nicht schaffen. Ich habe es versucht, ich habe es nicht geschafft. Allein, wissen Sie, ohne jede Liebe, würde ich, glaube ich, verhungern, ich hätte nicht die Kraft, mich zu tragen.«

»Es gibt Frauen, die Steine klopfen auf der Straße, es gibt sie, und es sind Frauen.«

»Ich weiß, ich erinnere mich jeden Tag, seien Sie unbesorgt. Aber, sehen Sie, ich hätte damit anfangen müssen. Jetzt weiß ich, daß ich es nicht mehr könnte. Dieser Zustand bringt einen so sehr weg von sich selbst, daß man außerhalb von ihm, ich sagte es Ihnen schon, noch weniger Bedeutung hat als in ihm, man ist nicht einmal mehr in den eigenen Augen ein ausreichender Grund, sich zu ernähren. Nein, ich brauche nun einen Mann, für den ich leben werde, dann werde ich es tun.«

»Aber Sie wissen vielleicht, wie das heißt, Mademoiselle...«

»Nein, Monsieur, ich weiß es nicht. Was ich weiß, ist, daß ich lange in dieser Sklaverei ausharren muß, um eines Tages zum Beispiel wieder Lust zu haben, mich zu ernähren.«

»Entschuldigen Sie, Mademoiselle.«

»Nein, sehen Sie, ich muß bleiben, wo ich bin, solange es nötig ist. Nicht daß ich böswillig wäre, glauben Sie mir, nein, sondern es ist zwecklos, mich von so vielem Hoffen, wie Sie sagen, zu entlasten, denn wenn ich es versuchte, ich weiß es, würde ich für mich gar nichts mehr erhoffen. Ich warte. Und während ich warte, achte ich darauf, niemanden zu töten, auch keinen Hund, denn das sind zu ernste Dinge, und es bestünde die Gefahr, daß sie mich für mein ganzes Leben böse werden lassen. Aber, Monsieur, sprechen wir noch ein wenig von Ihnen, der Sie reisen und reisen und so allein sind.«

»Ich reise, Mademoiselle, ja, und ich bin allein.«
»Eines Tages werde ich vielleicht reisen.«
»Man kann nur eine Sache auf einmal sehen, und die Welt ist sehr groß, und man verfügt, um sie zu sehen, nur über sich, über seine beiden Augen. Das ist wenig, und doch, sehen Sie, reisen alle Menschen.«
»Trotzdem, sowenig man auch auf einmal sehen kann, es muß eine gute Sache sein, um die Zeit hinzubringen, stelle ich mir vor.«
»Die beste, zweifellos, zumindest gilt sie dafür. Im Zug zu sitzen vertreibt die Zeit vollkommen und beschäftigt wie Schlaf. Mit dem Schiff zu reisen noch mehr. Man schaut aufs Wasser, und die Zeit vergeht ganz von allein.«
»Doch manchmal vergeht sie so langsam, daß man das Gefühl hat, aus der Haut zu fahren.«
»Sie könnten vielleicht eine kleine Reise machen, Mademoiselle, acht Tage Urlaub nehmen. Es genügte, daß Sie es wollen. Sie könnten es jetzt schon, während Sie warten, meine ich.«
»Das stimmt, das Warten dauert sehr lang. Ich bin in eine politische Partei eingetreten, nicht weil ich glaubte, daß die Dinge für mich vorangehen, aber daß sie mir kürzer erscheinen würden, doch es dauert trotzdem sehr lang.«
»Aber das ist es ja: weil Sie bereits in eine politische Partei eingetreten sind, weil Sie zum Tanzen gehen, weil Sie alles tun, von dem Sie meinen, es sei gut, um eines Tages da herauszukommen, könnten Sie, solange Sie darauf warten, daß für Sie beginnt, was Sie sich wünschen, eine kleine Reise machen.«

»Ich möchte nichts anderes sagen als das: Manchmal kommt es mir sehr lang vor.«

»Es würde genügen, daß Sie ein bißchen aus dieser Stimmung herauskommen, Mademoiselle, und Sie könnten eine kleine Reise von acht Tagen machen.«

»Nach dem Tanzen am Samstag, ich sagte es Ihnen bereits, weine ich manchmal. Wie sollte man einen Mann zwingen, einen zu wollen? Man kann die Liebe nicht erzwingen. Vielleicht ist es diese Stimmung, von der Sie sprechen, die mich in den Augen der Männer so unattraktiv macht. Es ist Verbitterung, und wie könnte sie gefallen?«

»Ich wollte über diese Stimmung nur dies sagen, Mademoiselle, daß sie Sie daran hindert, acht Tage Urlaub zu nehmen. Ich werde Ihnen nicht raten, wie ich zu sein und es überflüssig zu finden, zu viel zu hoffen, nein. Aber nichtsdestoweniger, verstehen Sie, wenn man es schon für sich nützlich findet, diese Frau, solange es nötig ist, leben zu lassen, und wenn man alles tut, was von einem verlangt wird, damit man eines Tages nicht anders kann, als damit aufzuhören, dann könnte man zum Beispiel als Entschädigung ein paar Tage Urlaub nehmen und spazierengehen. Selbst ich tue es, so scheint mir.«

»Ich verstehe wohl, Monsieur, aber was sollte ich mit diesem Urlaub anfangen. Ich wüßte ihn gar nicht zu nutzen. Ich würde dastehen und neue Dinge anschauen, ohne ein Vergnügen dabei zu haben.«

»Man muß es lernen, Mademoiselle, auch wenn es schwierig ist. Sie könnten es jetzt schon im Hinblick auf die Zukunft lernen. Man kann das lernen, ja, neue Dinge zu sehen.«

»Aber, Monsieur, wie sollte ich heute das Vergnügen lernen, wenn ich davon erschöpft bin, es für morgen zu erwarten? Nein, ich hätte nicht einmal die Geduld, irgend etwas Neues anzuschauen.«

»Sprechen wir nicht mehr davon, Mademoiselle. Es war eine unbedeutende Kleinigkeit, die ich Ihnen vorschlug.«

»Ach, Monsieur, wenn Sie wüßten, wie gern ich möchte!«

»Wenn ein Mann Sie zum Tanzen auffordert, Mademoiselle, denken Sie dann sofort, er könnte Sie heiraten?«

»Ja, so ist es. Ich bin zu praktisch, sehen Sie, daher kommt alles Übel. Wie könnte ich es aber anders machen? Mir scheint, ich werde niemanden lieben können, bevor ich nicht einen Anfang von Freiheit habe, und diesen Anfang kann mir nur ein Mann geben.«

»Und wenn ein Mann Sie nicht zum Tanzen auffordert, Mademoiselle, wenn ich mir erlauben darf, denken Sie dann auch, er könnte Sie heiraten?«

»Ich denke weniger daran, denn beim Tanzen, scheint mir, in der Erregung und Hitze des Tanzens, glaube ich, könnte ein Mann am ehesten vergessen, wer ich bin, oder, wenn er es erführe, weniger davon abgeschreckt sein als anderswo. Ich tanze gut, ja, und wenn ich tanze, macht sich meine Situation nicht bemerkbar. Ich werde wie alle. Ich vergesse selbst, wer ich bin. Ach, manchmal weiß ich nicht mehr, was tun.«

»Aber denken Sie während des Tanzens daran?«

»Nein, beim Tanzen denke ich an nichts. Vorher oder nachher denke ich daran, aber während ich tanze, das ist wie schlafen.«
»Alles geschieht, Mademoiselle, alles. Man glaubt, daß nie etwas geschehen wird, und dann geschieht es plötzlich. Es gibt nicht einen Menschen unter den Milliarden, die es gibt, dem das, worauf Sie warten, nicht widerfahren ist.«
»Ich fürchte, Sie täuschen sich in dem, worauf ich warte, Monsieur.«
»Das heißt, ich spreche nicht nur von dem, wovon Sie wissen, daß Sie es erwarten, sondern auch von dem, wovon Sie nicht wissen, daß Sie es erwarten. Von etwas weniger Unmittelbarem, auf das Sie warten, ohne es zu wissen.«
»Ja, ich sehe, was Sie sagen wollen. Ich denke allerdings nicht, es müßte sofort geschehen. Aber ich würde trotzdem gern wissen, wie Ihnen das widerfährt. Sagen Sie es mir, Monsieur, mögen Sie?«
»Es geschieht wie alles übrige.«
»Wie das, wovon ich weiß, daß ich es erwarte?«
»Genau so. Wie soll ich Ihnen diese Dinge sagen, von denen Sie so wenig wissen? Ich glaube, das geschieht entweder plötzlich oder so langsam, daß man es kaum bemerken kann. Und wenn diese Dinge da sind, geschehen sind, erstaunen sie nicht mehr, man glaubt, sie schon immer gehabt zu haben. Eines Tages werden Sie aufwachen, und es wird passiert sein. Wie mit dem Gasherd, eines Tages werden Sie aufwachen und nicht einmal mehr wissen, wie er bis zu Ihnen gekommen ist.«

»Aber Sie, Monsieur, der Sie reisen und immer reisen und, wenn ich recht verstehe, den Ereignissen so wenig Gelegenheit geben?«

»Das kann überall geschehen, Mademoiselle, selbst zufällig im Zug. Der einzige Unterschied zwischen diesen Ereignissen und jenen, die Sie zu erleben wünschen, ist, daß sie ohne Morgen sind, daß man nichts daraus machen kann.«

»Ach, Monsieur, wie traurig muß es auf die Dauer sein, alle Dinge ohne Morgen zu erleben, wie Sie es tun! Ich sehe, daß auch Sie manchmal weinen müssen.«

»Nicht doch, das ist wie mit allem übrigen, man gewöhnt sich daran. Und weinen, ja nun, das passiert allen wenigstens einmal, jedem der Milliarden Menschen, die es auf der Erde gibt. Das beweist an sich nichts. Außerdem muß ich sagen, daß mich schon eine Kleinigkeit tröstet. Morgens beim Aufwachen bin ich sehr vergnügt. Wenn ich mich rasiere, singe ich, und zwar oft.«

»Oh, Monsieur, ich glaube nicht, um mit Ihnen zu sprechen, daß singen irgend etwas beweist.«

»Aber, Mademoiselle, es macht mir Spaß zu leben; darin, scheint mir, kann man sich nicht täuschen, niemand, möchte ich sagen.«

»Ich weiß nicht, was es damit auf sich hat, Monsieur, deshalb verstehe ich Sie wahrscheinlich so schlecht.«

»Mademoiselle, was auch immer Ihr Unglück sein mag, der Einfachheit halber sage ich, entschuldigen Sie, daß ich so darauf bestehe, Sie sollten, wenn ich mir erlauben darf, ein bißchen mehr guten Willen an den Tag legen.«

»Aber, Monsieur, ich kann nicht mehr warten, und ich warte. Und diese Alte, ich kann sie nicht waschen, und ich wasche sie. Ich tue das alles, obwohl ich es nicht kann, also?«

»Unter gutem Willen verstehe ich, daß Sie sie vielleicht abwaschen könnten wie etwas anderes, einen Kochtopf zum Beispiel.«

»Nein. Auch das habe ich versucht, aber es geht nicht. Die lächelt und riecht schlecht, die lebt.«

»Also, was dann?«

»Manchmal weiß ich es nicht mehr. Ich war sechzehn, als das angefangen hat. Zuerst habe ich nicht darauf geachtet, und jetzt bin ich zwanzig und mir ist nichts widerfahren, nichts, und darüber hinaus gibt es auch noch diese alte Großmutter, die es nicht schaffen wird zu sterben, während mich noch niemand gebeten hat, seine Frau zu werden. Manchmal frage ich mich, ob ich nicht träume, ob ich diese vielen Schwierigkeiten nicht erfinde.«

»Mademoiselle, Sie könnten vielleicht die Familie wechseln, eine auswählen, in der es keine so alten Leute gibt, wo es Vorteile gibt, ich meine natürlich relative Vorteile.«

»Nein, immer würde man mich anders behandeln als sich selbst. Und außerdem, in diesem Beruf zu wechseln heißt überhaupt nichts, es dürfte ihn einfach nicht geben. Wenn ich zu einer solchen Familie, wie Sie meinen, käme, würde ich sie auch nicht besser ertragen. Und ein Wechsel, ein Wechsel, ohne daß sich etwas ändern würde, ließe mich schließlich, ich weiß nicht, an das Schicksalhafte glauben, und ich könnte auf die Idee kommen, daß es sich nicht lohnt zu beharren. Nein, ich muß da bleiben, wo ich bin, so lange, bis ich gehen werde – das glaube ich manchmal, ich kann Ihnen gar nicht sagen, wie sehr, sosehr ich weiß, daß ich da bin.«

»Dann könnten Sie doch, während Sie dort bleiben, diese kleine Reise machen, Mademoiselle, ich glaube, das könnten Sie.«

»Vielleicht, ja, die Reise könnte ich versuchen.«

»Ja, das könnten Sie.«

»Aber nach dem, was Sie sagten, muß diese Stadt dermaßen weit weg sein, Monsieur, dermaßen weit.«

»Ich bin in kleinen Etappen gereist, ich habe vierzehn Tage gebraucht, um hinzukommen, indem ich einen Tag hier, einen Tag da haltgemacht habe. Aber jemand, der die Mittel hat, könnte mit dem Zug in einer Nacht hinfahren.«

»Eine Nacht, und man ist da?«

»Ja. Dort unten ist bereits Hochsommer. Aber ich behaupte nicht, daß sie jemand anderem genauso schön vorkommen könnte wie mir, nein. Jemand anderer könnte sie auch gar nicht nach seinem Geschmack finden. Ich habe sie zweifellos nicht so gesehen, wie sie für die anderen sein muß, die dort nur ihr selbst begegneten.«

»Aber wenn man von dem Glück gehört hat, dem jemand in dieser Stadt begegnet ist, dann, denke ich, wird man sie nicht mit den gleichen Augen sehen. Wir reden, nicht wahr, Monsieur?«

»Ja, Mademoiselle.«

Sie schwiegen. Unmerklich sank die Sonne. Und gleichzeitig legte sich wieder die Erinnerung an den Winter über die Stadt. Das junge Mädchen begann wieder zu sprechen.

»Ich meine«, fuhr sie fort, »daß etwas von diesem Glück in der Luft, die man dort atmet, übriggeblieben sein muß. Glauben Sie nicht, Monsieur?«

»Ich weiß nicht.«

»Ich wollte Sie fragen, Monsieur: Im Zug, wenn Ihnen das widerfährt, können Sie es mir erzählen?«

»Nichts, Mademoiselle, nichts. Es widerfährt mir, das ist alles. Wenige Leute würden mit einem Handelsreisenden meines Ranges vorliebnehmen, wissen Sie.«

»Monsieur, ich bin Mädchen für alles, und ich habe Hoffnung. So soll man nicht reden.«

»Entschuldigen Sie, Mademoiselle, ich drücke mich schlecht aus. Sie, Sie werden sich verändern; ich mich nicht, ich glaube es nicht, ich glaube es nicht mehr. Und, was wollen Sie, da ist nichts zu machen, selbst wenn ich es nicht ganz und gar gewollt habe, kann ich diesen Handelsreisenden, der ich bin, nicht vergessen. Mit zwanzig zog ich weiße Shorts an und spielte Tennis. So fängt es an, irgendwie. Man weiß es nicht so recht. Und dann vergeht die Zeit, und man findet, daß es wenig Lösungen im Leben gibt, und so setzen sich die Dinge fest, und eines Tages ist es so, daß der bloße Gedanke, sie zu verändern, überrascht.«

»Das muß ein schrecklicher Augenblick sein.«

»Nein, er geht unbemerkt vorüber wie die Zeit. Mademoiselle, das braucht Sie nicht traurig zu stimmen. Ich beklage mich nicht über mein Leben, ich denke nicht daran, jede Kleinigkeit lenkt mich davon ab, ehrlich gesagt.«

»Dennoch möchte man meinen, daß Sie nicht alles über dieses Leben sagen, Monsieur.«

»Mademoiselle, ich versichere Ihnen, ich bin kein bedauernswerter Mensch.«

»Ich weiß doch auch, daß das Leben schrecklich ist, genauso wie ich weiß, daß es gut ist.«

Von neuem entstand ein Schweigen zwischen dem Mann und dem jungen Mädchen. Die Sonne sank noch etwas mehr.

»Obwohl ich immer nur kurze Strecken mit dem Zug fahren konnte«, sagte nun der Mann, »glaube ich nicht, daß es teuer ist.«

»Unkosten habe ich eigentlich wenig«, fuhr das junge Mädchen fort, »im großen und ganzen sind es die des Tanzens. Nein, sehen Sie, selbst wenn der Zug teuer wäre, könnte ich diese Reise machen, wenn ich wollte. Aber, noch einmal, wo immer ich bin, habe ich Angst vor dem Gefühl, meine Zeit zu verlieren. Was machst du da, würde ich mir sagen, anstatt beim Tanzen zu sein? Dort ist dein Platz im Augenblick und nirgendwo sonst. Wo immer ich bin, würde ich daran denken. Übrigens, es ist im 14. Arrondissement, wenn Sie es wissen wollen. Es gibt viele Soldaten da, und die denken nicht an Ehe, leider, aber es gibt doch auch ein paar andere, man kann nie wissen. Ja, es ist im Croix-Nivert, es ist der ›Bal de la Croix-Nivert‹.«

»Ich danke Ihnen, Mademoiselle. Aber wissen Sie, da unten gibt es auch Tanzabende, wo Sie hingehen könnten, man kann nie wissen, wenn Sie beschlössen, diese Reise zu machen. Dort würde Sie niemand kennen.«

»Sie finden im Park statt, nicht wahr?«

»Ja, im Park, unter freiem Himmel. Samstags dauert es die ganze Nacht.«

»Ich verstehe. Aber dann müßte ich lügen in bezug auf das, was ich bin. Ich kann nichts dafür, werden Sie sagen, aber dieser Zustand, das ist, als hätte ich etwas zu verbergen.«

»Aber da Sie ja einen solchen Wunsch haben, damit Schluß zu machen, wäre es nur eine halbe Lüge, wenn Sie es verschweigen.«

»Mir scheint, ich könnte nur in bezug auf etwas lügen, für das ich verantwortlich wäre, sonst aber nicht. Und außerdem, das ist sehr merkwürdig, aber es ist ein bißchen so, als hätte ich mich auf diesen Tanzabend im Croix-Nivert festgelegt und eben nicht auf einen anderen. Es ist ein kleines Lokal und entspricht meinem Zustand und dem, was ich da will. Überall sonst würde ich mich ein bißchen deplaziert, fremd fühlen. Wenn Sie dorthin kämen, könnten wir ein oder zwei Tänze versuchen, Monsieur, wenn Sie wollen, bis andere mich auffordern. Ich tanze gut. Und ohne es je gelernt zu haben.«

»Ich auch, Mademoiselle.«

»Das ist merkwürdig, finden Sie nicht, Monsieur? Warum tanzen gerade wir gut? Wir, und nicht andere?«

»Wir und nicht andere, die so schlecht tanzen, meinen Sie?«
»Ja. Ich kenne welche. Ah, wenn Sie sie sähen! Sie können es überhaupt nicht, es ist wie Chinesisch für sie...«
»Oh! Mademoiselle, Sie lachen!«
»Wie könnte ich es mir verkneifen? Leute, die schlecht tanzen, bringen mich immer zum Lachen. Sie versuchen es, sie bemühen sich, aber nichts zu machen, sie schaffen es nicht.«
»Das muß etwas sein, das sich nicht ganz erlernen läßt, sehen Sie, deswegen. Die, die Sie kennen, hüpfen sie oder lassen sie sich ziehen?«
»Sie hüpft, und er läßt sich ziehen, so daß sie zusammen... Ach!... Ich kann es Ihnen gar nicht beschreiben. Das ist nicht ihre Schuld, werden Sie mir sagen...«
»Nein, es ist nicht ihre Schuld. Doch man hat irgendwie das Gefühl, daß es ein bißchen gerecht ist, daß sie so schlecht tanzen.«
»Aber vielleicht täuscht man sich.«
»Vielleicht, ja, schließlich ist es nicht so wichtig, ob man gut oder schlecht tanzt.«
»Nein, das ist nicht so wichtig, Monsieur, aber, sehen Sie, es ist doch, als hätten wir eine kleine verborgene Kraft in uns, oh, nichts Besonderes, natürlich... Finden Sie nicht?«
»Aber sie könnten genausogut perfekt tanzen, Mademoiselle.«
»Ja, Monsieur, natürlich, aber dann gäbe es etwas anderes, ich weiß nicht was, das uns allein vorbehal-

ten wäre, ich weiß nicht was, aber etwas, das sie nicht hätten.«

»Ich weiß es auch nicht, Mademoiselle, doch ich glaube es auch.«

»Monsieur, ich muß gestehen, ich habe viel Spaß am Tanzen. Das ist von dem, was ich jetzt tue, das einzige, das ich gern mein ganzes Leben weiter tun würde.«

»Ich auch, Mademoiselle. Sehen Sie, in jedem Fall wird gern getanzt, selbst in unserem. Vielleicht würden wir nicht so gut tanzen, wenn wir nicht solchen Spaß daran hätten.«

»Aber vielleicht wissen wir gar nicht, wie sehr uns das Spaß macht, wer weiß?«

»Was macht das schon, Mademoiselle? Lassen Sie es uns doch weiterhin nicht wissen, wenn uns das gefällt.«

»Aber, ach, Monsieur, wenn das Tanzen vorbei ist, fällt es mir wieder ein. Es ist Montag. Ich sage ›alte Schlampe‹ zu ihr, während ich sie wasche. Doch ich glaube nicht, daß ich böse bin, aber da ich niemanden habe, der es mir sagt, kann ich mich natürlich nur auf mich verlassen. Wenn ich ›Schlampe‹ zu ihr sage, lächelt sie mich an.«

»Ich erlaube mir, es Ihnen zu sagen, Mademoiselle: Sie sind es nicht.«

»Aber wenn ich an diese Leute denke, dann denke ich so schlecht, wenn Sie wüßten, als könnten sie etwas dafür. Sosehr ich mich auch zusammennehme, ich kann nicht anders an sie denken.«

»Achten Sie nicht auf diese Gedanken. Böse sind Sie nicht.«

»Glauben Sie wirklich?«
»Ich bin mir ganz sicher. Eines Tages werden Sie mit Ihrer Zeit und mit sich selbst sehr großzügig sein.«
»Sie, Sie sind ein guter Mensch, Monsieur.«
»Mademoiselle, ich sage es Ihnen nicht aus Güte.«
»Aber Ihnen, Monsieur, was widerfährt Ihnen?«
»Nichts, Mademoiselle, und ich bin nicht mehr ganz jung, wie Sie sehen können.«
»Aber Sie haben doch daran gedacht, sich umzubringen, sagten Sie?«
»Oh, das war nur die Faulheit, mich noch weiter zu ernähren, nichts wirklich Ernsthaftes. Nein, nichts.«
»Monsieur, das ist nicht möglich, Ihnen widerfährt etwas, oder Sie wollen, daß Ihnen nichts widerfährt.«
»Mir widerfährt nichts außer dem, was jedem täglich widerfährt.«
»Entschuldigen Sie, in dieser Stadt, Monsieur?«
»Ich bin nicht mehr allein gewesen. Und dann fand ich mich doch wieder allein. Das war ein Zufall, glaube ich wohl.«
»Nein, wenn jemand ist wie Sie, ohne alle Hoffnung, dann ist ihm etwas widerfahren, das ist nicht normal.«
»Sie werden es später erfahren, Mademoiselle. Es gibt solche Leute, die so viel Freude am Leben haben, daß sie auf Hoffnung verzichten können. Ich singe jeden Morgen beim Rasieren, was wollen Sie mehr?«
»Aber waren Sie unglücklich, nachdem Sie in dieser Stadt gewesen sind, Monsieur?«

»Ja.«
»Und diesmal haben Sie nicht daran gedacht, nie mehr aus Ihrem Zimmer zu gehen?«
»Nein, diesmal nicht. Denn ich wußte, daß es manchmal, sogar durch Zufall, sein kann, daß man nicht mehr allein ist.«
»Monsieur, sagen Sie mir, was Sie, vom Morgen abgesehen, sonst noch machen?«
»Ich verkaufe meine Waren, dann esse ich, dann reise ich, dann lese ich die Zeitungen. Die Zeitungen zerstreuen mich außerordentlich, ich lese alles, einschließlich der Anzeigen. Wenn ich mit einer Zeitung fertig bin, muß ich mich erinnern, ich weiß nicht mehr recht, wer ich bin, so vertieft bin ich.«
»Aber ich meinte es auch in diesem Sinn: Was machen Sie außer dem, was Sie machen, außerhalb vom Morgen, vom Verkauf Ihrer Sachen, von den Zügen, dem Essen, Schlafen, Zeitunglesen, was machen Sie, das man nicht sieht, ich meine, das man nicht zu tun scheint und trotzdem tut?«
»Ich verstehe Sie, ja... Doch ich glaube, ich weiß nicht, was ich außerhalb von dem, was man sieht, tue. Bisweilen versuche ich schon, es herauszufinden, klar, aber es wird wohl nicht ausreichen, ich werde es nicht genug versuchen, und es könnte schon sein, daß ich es nie herausfinden werde. Oh, wissen Sie, ich glaube, das ist etwas sehr Verbreitetes, so durchs Leben zu gehen, ohne zu wissen, warum.«
»Doch mir scheint, man könnte versuchen, es ein bißchen mehr herauszufinden, als Sie es tun, Monsieur.«

»Ich hänge an einem Faden, verstehen Sie, ich hänge mittels eines Fadens an mir, daher ist das Leben für mich leichter als für Sie, im Grunde ist alles da. Und ich kann darauf verzichten, bestimmte Dinge zu wissen.«
Sie schwiegen von neuem. Doch das junge Mädchen fuhr wieder fort:
»Und dann, entschuldigen Sie, Monsieur, aber ich kann nicht ganz verstehen, wie es dazu gekommen ist, auch zu Ihrem geringfügigen Beruf da.«
»Ich habe es Ihnen gesagt, ganz allmählich. Alle meine Brüder und Schwestern waren erfolgreich, sie wußten, was sie wollten. Ich, noch einmal, ich wußte es nicht. Auch sie sagen, daß sie nicht wissen, wieso ich im Leben so gepurzelt bin.«
»Das ist ein komisches Wort, Monsieur, entmutigt wäre vielleicht richtiger. Doch ich verstehe auch nicht, wie es mit Ihnen dahin gekommen ist.«
»Ich war, ehrlich gesagt, immer ein wenig uninteressiert am Erfolg, ich habe nie recht verstanden, was das Wort bedeutet; vielleicht kommt alles daher. Jedoch, sehen Sie, finde ich nicht, daß dies ein so geringfügiger Beruf ist.«
»Entschuldigen Sie, daß ich diesen Ausdruck verwendet habe, aber mir schien, ich könnte ihn mir erlauben, da mein Beruf nicht einmal einer ist. Ich habe es nur gesagt, um Sie zum Sprechen zu bringen, um Ihnen zu verstehen zu geben, daß ich Sie geheimnisvoll finde, und nicht, um Ihnen unrecht zu tun.«
»Ich habe schon verstanden, ich versichere es Ihnen. Mir tut es leid, daß ich diesen Ausdruck aufgegriffen

habe. Ich weiß wohl, daß es viele Leute auf der Welt gibt, die imstande sind, meinen Beruf nach seinem richtigen Wert einzuschätzen, und die ihn nicht verachten. Ich habe nichts übelgenommen, offen gestanden, ich war zerstreut. Es langweilt mich immer, von mir in der Vergangenheit zu reden.«
Sie schwiegen noch einmal. Diesmal kehrte die Erinnerung an den Winter vollständig zurück. Die Sonne tauchte nicht mehr auf. Sie stand jetzt so tief, daß die Masse der Stadt sie verdeckte. Das junge Mädchen schwieg. Der Mann fing wieder an zu sprechen.
»Ich wollte Ihnen sagen, Mademoiselle«, sagte er, »ich möchte nicht, daß Sie auch nur einen Augenblick glauben, ich hätte Ihnen zu irgend etwas geraten. Selbst was diese alte Frau angeht, das war nur so eine Redensart. Dadurch, daß man die Leute begreift...«
»Oh, Monsieur, sprechen wir nicht mehr davon.«
»Nein, sprechen wir nicht mehr davon, nein. Ich wollte Ihnen nur sagen, daß man, weil man die Leute versteht, weil man zumindest versucht, sich in sie hineinzuversetzen, weil man überlegt, was ihnen das Warten erleichtern könnte, Vermutungen, Hypothesen aufstellt und es von da zum Erteilen von Ratschlägen ein großer Schritt ist und ich es mir übelnähme, wenn ich ihn gemacht hätte, ohne es zu merken...«
»Monsieur, sprechen wir nicht mehr von mir.«
»Nein, Mademoiselle.«
»Ich möchte Sie noch etwas fragen, Monsieur. Nach dieser Stadt, sagen Sie mir doch...«

Der Mann schwieg. Das junge Mädchen insistierte nicht. Dann, als sie keine Antwort mehr zu erwarten schien, antwortete er:
»Ich habe es Ihnen schon gesagt«, sprach er, »nach dieser Stadt war ich unglücklich.«
»Wie unglücklich, Monsieur?«
»So sehr, glaube ich, wie man es nur sein kann. Ich glaubte, ich wäre es nie zuvor gewesen.«
»Dann ist es vorübergegangen?«
»Ja, es ist vorübergegangen.«
»Sie sind dort nie allein gewesen, niemals?«
»Niemals.«
»Weder am Tag noch in der Nacht?«
»Weder am Tag noch in der Nacht, nie. Das hat acht Tage gedauert.«
»Und danach fanden Sie sich wieder vollkommen allein, vollkommen?«
»Ja. Und seither bin ich es.«
»War es die Müdigkeit, die Sie den ganzen Tag, wie Sie sagten, schlafen ließ, den Koffer neben sich?«
»Nein, ich war unglücklich.«
»Ja, Sie haben gesagt, daß Sie so unglücklich waren, wie man es nur sein kann. Und Sie glauben es immer noch?«
»Ja.«
Das junge Mädchen schwieg nun.
»Weinen Sie nicht, Mademoiselle, ich bitte Sie«, sagte der Mann lächelnd.
»Ich kann nicht anders.«
»Es gibt solche Dinge, die man nicht vermeiden kann, die niemand vermeiden kann.«

»Oh, das ist es nicht, Monsieur, diese Dinge machen mir keine Angst.«
»Und es ist auch das, was Sie sich wünschen.«
»Ja, ich wünsche es mir.«
»Und Sie haben recht, denn es gibt nichts, was zu erleben so wünschenswert ist wie das, das so viel Leid bringt. Weinen Sie nicht mehr.«
»Ich weine nicht mehr.«
»Sie werden sehen, Mademoiselle, im Sommer werden Sie diese Tür für immer aufmachen.«
»Manchmal, sehen Sie, ist mir das ein wenig gleichgültig, Monsieur.«
»Aber Sie werden sehen, Sie werden sehen, es wird ganz schnell geschehen.«
»Mir scheint, Sie hätten in dieser Stadt bleiben sollen, Monsieur, Sie hätten es um jeden Preis versuchen sollen.«
»Ich bin geblieben, solange ich konnte.«
»Nein, Sie werden nicht alles getan haben, was nötig war, um zu versuchen, dort zu bleiben, da bin ich ganz sicher.«
»Ich habe alles getan, was ich für nötig hielt, alles, um zu versuchen, dort zu bleiben. Aber es mag sein, daß ich es falsch angefangen habe. Denken Sie nicht mehr daran, Mademoiselle. Sie werden sehen, Sie werden sehen, bis zum Sommer werden Sie es geschafft haben.«
»Vielleicht, ja, wer weiß? Doch manchmal frage ich mich, ob es die Mühe lohnt.«
»Es lohnt die Mühe. Und, wie Sie schon sagten, da man nun einmal da ist, man hat ja nicht darum ge-

beten, da man also da ist, muß man es tun. Und es gibt nichts anderes zu tun als das. Und Sie werden es tun. Bis zum Sommer werden Sie diese Tür öffnen.«

»Manchmal glaube ich, daß ich sie nie öffnen werde, und wenn ich einmal dazu bereit bin, daß ich davor zurückschrecke.«

»Nein, Sie werden es tun.«

»Wenn Sie das sagen, Monsieur, heißt das, Sie glauben also, daß die Mittel, die ich gewählt habe, die einzig richtigen sind, um da herauszukommen, wo ich bin? Um endlich etwas zu werden?«

»Das glaube ich, ja, ich glaube, es sind diejenigen, die Ihnen am meisten entsprechen.«

»Wenn Sie das sagen, wissen Sie, dann heißt das doch, Sie glauben, daß es Menschen gibt, die andere Mittel wählen könnten, daß es andere als die gibt, die ich gewählt habe.«

»Zweifellos gibt es andere, ja, aber zweifellos würden sie Ihnen weniger entsprechen.«

»Das stimmt allerdings, nicht wahr, Monsieur?«

»Ich glaube es, Mademoiselle, doch natürlich könnte weder ich noch sonst jemand es Ihnen mit aller Gewißheit sagen.«

»Sie sagten, Sie seien vernünftig geworden, Monsieur, dadurch daß Sie reisen und Dinge sehen. Deshalb frage ich Sie.«

»Ich bin es sicher nicht so sehr, was die Hoffnung angeht, Mademoiselle; falls ich es bin, dann eher in den kleinen alltäglichen Dingen, eher in den kleinen als in den großen Schwierigkeiten. Nichtsdestoweniger, ich wiederhole es, auch wenn ich mir über die Mittel, die Sie verwenden, nicht ganz, ganz sicher bin, bin ich doch ganz und gar sicher, daß Sie diese Tür noch diesen Sommer öffnen werden.«

»Ich danke Ihnen, Monsieur. Aber noch einmal: Und Sie?«

»Der Frühling kommt und das schöne Wetter. Ich werde wieder losziehen.«

Sie schwiegen ein letztes Mal. Und ein letztes Mal fuhr das junge Mädchen fort:

»Monsieur, was hat Sie wieder aufstehen und weitergehen lassen, nachdem Sie sich im Wald hingelegt hatten?«

»Ich weiß nicht, wahrscheinlich mußte es so kommen.«

»Vorhin haben Sie gesagt, der Grund sei gewesen, Sie wußten nun, daß man manchmal, sogar zufällig, aufhören kann, allein zu sein.«

»Nein, das wußte ich erst später, ein paar Tage später. In dem Augenblick, nein, da wußte ich nichts mehr.«

»So sind wir doch sehr verschieden, sehen Sie, Monsieur. Ich hätte mich, glaube ich, geweigert, wieder aufzustehen.«

»Nicht doch, Mademoiselle, nein, gegen wen oder was denn geweigert?«

»Gegen nichts. Ich hätte mich geweigert, das ist alles.«

»Sie täuschen sich. Sie hätten es wie ich gemacht. Es war kalt. Mir war kalt, ich bin wieder aufgestanden.«

»Wir sind verschieden, das sind wir.«

»Das sind wir sicher, ja, in der Art, wie wir mit unserem Kummer umgehen.«

»Nein, wir müssen noch verschiedener sein als das.«

»Ich glaube nicht. Ich glaube nicht, daß wir es mehr sind, als andere im allgemeinen verschieden voneinander sind.«

»Vielleicht täusche ich mich wirklich.«

»Außerdem verstehen wir uns, Mademoiselle, oder zumindest versuchen wir es. Und wir tanzen auch beide gern. Im Croix-Nivert, sagten Sie?«

»Ja, Monsieur. Das ist ein bekanntes Tanzlokal. Viele Leute wie wir gehen dort hin.«

III

Das Kind kam gemächlich aus dem Hintergrund des Parks und stellte sich vor das junge Mädchen hin.
»Ich bin müde«, erklärte es.
Der Mann und das junge Mädchen sahen sich um. Das Licht war tatsächlich weniger golden als vorher. Es war Abend.
»Stimmt, es ist spät«, sagte das junge Mädchen.
Der Mann machte diesmal keine Bemerkung. Das junge Mädchen wischte dem Kind die Hände ab, sammelte seine Spielsachen ein und legte sie in die Tasche. Sie erhob sich jedoch noch nicht von der Bank. Das Kind setzte sich ihr zu Füßen und wartete, plötzlich des Spielens überdrüssig.
»Die Zeit erscheint kürzer, wenn man plaudert«, sagte das junge Mädchen.
»Danach dann plötzlich sehr träge. Ja, Mademoiselle.«
»Stimmt, Monsieur, es ist wie eine andere Zeit. Aber es tut gut zu reden.«
»Es tut gut, ja, Mademoiselle, hinterher ist es dann ein bißchen öde, nachdem man geredet hat. Die Zeit wird zu träge. Vielleicht sollte man nie reden.«
»Vielleicht«, sagte das junge Mädchen nach einer Weile.
»Eben wegen dieser Trägheit danach, das meine ich, Mademoiselle.«
»Und auch wegen dieses Schweigens vielleicht, in dem wir beide heimgehen werden.«

»Ja, das stimmt, daß wir beide schweigend heimgehen werden. Es ist bereits so, als wäre es geschehen.«
»Niemand mehr wird heute abend das Wort an mich richten, Monsieur. Und so werde ich schlafen gehen, immer noch schweigend. Und ich bin zwanzig. Was habe ich der Welt getan, daß es so ist?«
»Nichts, Mademoiselle, suchen Sie in dieser Richtung nicht weiter. Suchen Sie lieber danach, was Sie ihr antun werden. Ja, vielleicht sollte man nie reden. Sobald man es tut, ist es, als fände man eine köstliche Gewohnheit wieder, die man aufgegeben hatte. Auch wenn man diese Gewohnheit nie gehabt hat.«
»Das stimmt, ja, als wüßte man, was es mit dem Vergnügen zu reden auf sich hat. Das muß etwas sehr Natürliches sein, daß es so stark ist.«
»Zu denken, daß man sich an Sie wendet, ist nichts weniger Natürliches und Starkes, Mademoiselle.«
»Zweifellos, ja.«
»Sie werden es ein wenig später merken, Mademoiselle. Ich hoffe es für Sie.«
»Ich habe viel geredet, Monsieur, und ich bin verwirrt darüber.«
»Oh, Mademoiselle, ausgerechnet dafür brauchten Sie sich, wenn es so wäre, am allerwenigsten zu entschuldigen.«
»Ich danke Ihnen, Monsieur.«
Das junge Mädchen erhob sich von der Bank. Das Kind stand auf und nahm ihre Hand. Der Mann blieb sitzen.
»Es ist schon kühler«, sagte das junge Mädchen.

»Tagsüber hat man die Illusion, doch in Wirklichkeit ist noch nicht Sommer, Mademoiselle.«
»Es stimmt, man vergißt es, ja. Es ist ein bißchen, wie wenn man wieder ins Schweigen zurückfällt, nachdem man geredet hat.«
»Das ist das gleiche, tatsächlich, Mademoiselle.«
Das Kind zog das junge Mädchen zu sich.
»Ich bin müde«, wiederholte es.
Das junge Mädchen schien das Kind nicht gehört zu haben.
»Ich muß trotz allem heimgehen«, sagte sie endlich.
Der Mann rührte sich nicht. Sein Blick lag versonnen auf dem Kind.
»Und Sie, gehen Sie nicht, Monsieur?« fragte das junge Mädchen.
»Nein, Mademoiselle, nein, ich werde hier bleiben, bis geschlossen wird, und dann erst werde ich gehen.«
»Haben Sie nichts zu tun heute abend, Monsieur?«
»Nein, nichts Bestimmtes.«
»Ich aber muß nach Hause gehen«, sagte das junge Mädchen nach einem Zögern.
Der Mann erhob sich ein wenig von der Bank und errötete ganz leicht.
»Könnten Sie nicht, zum Beispiel, Mademoiselle, einmal ein bißchen... später nach Hause gehen?«
Das junge Mädchen zögerte einen ganz kleinen Augenblick, dann zeigte sie auf das Kind.
»Ich bedaure, Monsieur, aber ich kann nicht.«

»Ich sagte es, weil es Ihnen gutzutun scheint, Mademoiselle, besonders Ihnen, ein wenig zu plaudern. Nur deshalb.«
»Oh, so habe ich es auch verstanden, Monsieur, aber ich kann nicht. Meine gewohnte Zeit ist schon überschritten.«
»Also dann, Mademoiselle, auf Wiedersehen. Samstags, sagten Sie, gehen Sie zum Tanzen ins Croix-Nivert?«
»Ja, Monsieur, jeden Samstag. Wenn Sie kommen, könnten wir ein paarmal zusammen tanzen, wenn Sie wollen.«
»Vielleicht, ja, Mademoiselle, wenn Sie erlauben.«
»Nur so zum Spaß, meine ich, Monsieur.«
»So habe ich es auch verstanden, Mademoiselle. Also, vielleicht bis bald, vielleicht bis Samstag, man weiß ja nie.«
»Vielleicht, Monsieur. Auf Wiedersehen, Monsieur.«
»Auf Wiedersehen, Mademoiselle.«
Das junge Mädchen ging zwei Schritte und drehte sich um:
»Ich wollte Ihnen sagen, Monsieur... könnten Sie nicht eine kleine Runde machen, anstatt hier zu bleiben, bis geschlossen wird?«
»Ich danke Ihnen, Mademoiselle, doch nein, ich bleibe lieber hier, bis geschlossen wird.«
»Aber eine kleine Runde, nur so, meine ich, Monsieur, um spazierenzugehen?«
»Nein, Mademoiselle, ich bleibe lieber hier. Eine kleine Runde wäre nichts für mich.«

»Es wird immer kühler werden, Monsieur…, und wenn ich so darauf bestehe, dann weil… Sie vielleicht nicht wissen, wie das ist, wenn die Parks schließen, wie traurig das sein kann…«

»Ich weiß es, Mademoiselle, aber ich bleibe trotzdem lieber hier.«

»Machen Sie es immer so, Monsieur, warten Sie immer, bis die Parks schließen?«

»Nein, Mademoiselle. Mir geht es wie Ihnen, im allgemeinen liebe ich diesen Augenblick nicht, aber heute möchte ich gern auf ihn warten.«

»Vielleicht haben Sie ja Ihre Gründe«, sagte das junge Mädchen geistesabwesend.

»Ich bin feige, Mademoiselle, das ist der Grund.«

Das junge Mädchen kam einen Schritt näher.

»Oh, Monsieur«, sagte sie, »Sie sagen das meinetwegen, meiner Worte wegen, ich bin sicher.«

»Nein, Mademoiselle, ich sage es, weil diese Stunde mich immer dazu verleitet, die Wahrheit zu erkennen und zu sagen.«

»Sagen Sie nicht solche Dinge, ich bitte Sie.«

»Aber, Mademoiselle, diese Feigheit war aus jedem meiner Worte herauszuhören, seitdem wir angefangen haben zu reden.«

»Nein, Monsieur, das ist nicht das gleiche. Es so mit einem Wort zu sagen, das ist nicht richtig.«

Der Mann lächelte.

»Aber das ist nicht so schlimm, glauben Sie mir.«

»Doch ich verstehe nicht, Monsieur, wieso Sie sich durch das Schließen eines Parks plötzlich als feige erweisen?«

»Weil ich nichts tue, um diese... Verzweiflung zu vermeiden, Mademoiselle, ganz im Gegenteil.«

»Aber worin bestünde in diesem Fall, Monsieur, der Mut, eine Runde zu machen?«

»Es hieße, irgend etwas zu tun, um die Verzweiflung zu vermeiden, um von ihr abzulenken.«

»Monsieur, ich flehe Sie an, machen Sie eine kleine Runde, nur so.«

»Nicht doch, Mademoiselle, mein ganzes Leben ist so.«

»Aber nur einmal, Monsieur, versuchen Sie es ein einziges Mal.«

»Nein, Mademoiselle, ich will nicht anfangen, mich zu verändern.«

»Ach, Monsieur, ich sehe wohl, daß ich zuviel geredet habe.«

»Ganz im Gegenteil, Mademoiselle, weil ich das so lebhafte Vergnügen hatte, Sie zu hören, empfinde ich so stark, wie ich gewöhnlich bin, wie gelähmt von meiner Feigheit. Aber sie ist weder größer noch kleiner als gestern zum Beispiel.«

»Monsieur, ich weiß nicht, was es mit der Feigheit auf sich hat, aber sie läßt mir meinen Mut ein wenig beschämend erscheinen.«

»Und Ihr Mut, Mademoiselle, läßt mir meine Feigheit noch deutlicher erscheinen. So ist es, wenn man redet.«

»Als wäre, wenn man Sie so betrachtet, Monsieur, der Mut ein wenig unnütz, als könnte man letztlich darauf verzichten.«

»Im Grunde tun wir, was wir können, Sie mit Ihrem Mut, ich mit meiner Feigheit, darauf kommt es an.«

»Ja, Monsieur, zweifellos, doch warum hat die Feigheit so viel Anziehungskraft und der Mut so wenig, finden Sie nicht?«

»Immer die Feigheit, Mademoiselle, aber das ist so einfach, wenn Sie wüßten!«

Der kleine Junge zog an der Hand des jungen Mädchens.

»Ich bin müde«, sagte er wieder.

Der Mann sah auf und schien ein wenig beunruhigt.

»Wird man Ihnen Vorhaltungen machen, Mademoiselle?«

»Unweigerlich, Monsieur.«

»Das tut mir leid.«

»Wenn Sie wüßten, Monsieur, das hat keinerlei Bedeutung. Es ist, als würde man sie einer anderen machen.«

Sie warteten noch ein paar Minuten, ohne etwas zu sagen.

Viele Leute verließen den Park. Am Ende der Straßen war der Himmel rosa.

»Es stimmt«, sagte endlich das junge Mädchen – und ihre Stimme klang, als redete sie im Schlaf –, »daß man tut, was man kann, Sie mit Ihrer Feigheit, Monsieur, und ich, ich mit meinem Mut.«

»Immerhin haben wir zu essen, Mademoiselle. Das haben wir erreicht.«

»Ja, das stimmt, wir haben erreicht, daß wir jeden Tag essen können, wie jedermann.«

»Und ab und zu finden wir Gelegenheit, mit jemandem zu reden.«

»Ja, auch wenn das Leid verursacht.«

»Alles, alles verursacht Leid. Selbst essen, manchmal.«

»Sie meinen essen, nachdem man sehr lange großen Hunger gehabt hat?«

»Genau das, ja.«

Das Kind fing an zu quengeln. Das junge Mädchen sah es an, als hätte sie es gerade erst entdeckt.

»Ich muß jetzt aber doch gehen, Monsieur«, sagte sie. Sie wandte sich ein zweites Mal zum Kind um.

»Heute«, sagte sie sanft zu ihm, »mußt du einmal brav sein.«

Und sie wandte sich wieder dem Mann zu.

»Also auf Wiedersehn, Monsieur.«

»Auf Wiedersehn, Mademoiselle. Vielleicht also bis zum Tanzen.«

»Vielleicht, ja, Monsieur. Wissen Sie noch nicht, ob Sie kommen werden?«

Der Mann mußte sich überwinden zu antworten.

»Nein, noch nicht.«

»Wie merkwürdig, Monsieur.«

»Ich bin so feige, wirklich, Mademoiselle, wenn Sie wüßten.«

»Machen Sie es nicht von Ihrer Feigheit abhängig, ob Sie kommen oder nicht, Monsieur, ich flehe Sie an.«

Der Mann überwand sich noch einmal zu antworten.

»Mademoiselle, es ist für mich noch sehr schwierig zu wissen, ob ich hingehen werde oder nicht. Ich kann es, nein, ich kann es noch nicht wissen.«

»Aber gehen Sie nicht im allgemeinen hin und wieder tanzen, Monsieur?«
»Ich gehe tanzen, ja, aber ohne jemanden zu kennen.«
Das junge Mädchen lächelte seinerseits.
»Zum Vergnügen, Monsieur, machen Sie es vom Vergnügen abhängig. Und Sie werden sehen, wie gut ich tanze.«
»Wenn ich hinginge, Mademoiselle, dann um des Vergnügens willen, glauben Sie mir.«
Das junge Mädchen lächelte noch mehr. Aber der Mann konnte diesem Lächeln nicht standhalten.
»Ich meinte vorhin verstanden zu haben, Monsieur, daß Sie mir den Vorwurf machen, in meinem Leben dem Vergnügen zu wenig Bedeutung beizumessen.«
»Das stimmt, Mademoiselle, ja.«
»Und daß ich mich weniger davor hüten solle, als ich es tue.«
»Sie kennen es so wenig, Mademoiselle, wenn Sie wüßten!«
»Ich habe fast den Eindruck, daß Sie es weniger kennen, als Sie denken, entschuldigen Sie, Monsieur. Ich spreche vom Vergnügen zu tanzen.«
»Ja, mit Ihnen zu tanzen, Mademoiselle.«
Das Kind fing wieder an zu quengeln.
»Wir gehen«, sagte das junge Mädchen zu ihm und, zum Mann gewandt: »Ich sage auf Wiedersehn, Monsieur, vielleicht also bis kommenden Samstag.«
»Vielleicht, ja, Mademoiselle, auf Wiedersehn.«

Das junge Mädchen entfernte sich rasch mit dem Kind. Der Mann sah sie gehen, sah ihr nach, solange er konnte. Sie drehte sich nicht um. Und der Mann nahm es wie eine Ermutigung, zu diesem Tanzabend zu gehen.

Die Bücher von Marguerite Duras
im Suhrkamp Verlag:

Die Pferdchen von Tarquinia. Roman

Ein ruhiges Leben. Roman

Der Nachmittag des Herrn Andesmas

Hiroshima mon amour

Ganze Tage in den Bäumen

Die Verzückung der Lol V. Stein. Roman

Dialoge

Der Vize-Konsul. Roman

Moderato cantabile. Roman

Sommer 1980

Der Liebhaber. Roman

Vera Baxter oder Die Strände des Atlantiks

Abahn Sabana David

Liebe

Der Fernlaster

Im Park. Roman

Marguerite Duras/Michelle Porte
Die Orte der Marguerite Duras